Milkyway
HeHeHe
FURA FURA
Domo
ORO
ORO
Witch 原作
島津出水 著
瀬之本久史 画
PARADIGM NOVELS 156

# 登場人物

## 七瀬《ななせ》 健治《けんじ》

「喰う·寝る·遊ぶ」が趣味の怠惰な浪人生。愛想を尽かした両親の失踪で、喫茶店を継ぐハメに…。

**高坂《こうさか》 繭《まゆ》**　売れっ子同人作家。着ている服で、性格が変わる。

**御影《みかげ》 咲夜《さくや》**「豆」時代からの従業員だがいぢめられっコ。

**鷹梨《たかなし》 千尋《ちひろ》**　健治の幼なじみで元カノ。倫とは、犬猿の仲。

**工藤《くどう》 亜由美《あゆみ》**　晶の同級生。健治を実の兄のように慕っている。

**東条《とうじょう》 恋水《れみ》**　苺大好きな高飛車少女。咲夜といいコンビ。

**楠本《くすもと》 さゆら**　超人気コスプレーヤー。平日は地味なOL。

**東条《とうじょう》悠《はるか》**　恋水の姉で天敵。敏腕マネージャーでもある。

**結城《ゆうき》 倫《りん》**　自分でデザインした衣装を、コミケで売っている。

**七瀬《ななせ》 晶《あきら》**　健治の妹で、しっかり者。乱暴で、口が悪い。

第1章　晶

第4章　亜由美＆恋水

# 目次

# プロローグ

その時——喫茶店《きっさてん》に入ってきた女の子は、泣いていた。

外は雨が降っているのに、傘《かさ》も差さず、ずぶ濡《ぬ》れだった。

『……いらっしゃい』

少年が驚いて見守る前で、父親は顔色ひとつ変えず、入口を開け、女の子を招き入れる。

『お嬢《じょう》ちゃん、ご注文は？』

『グスッ……ヒック、ヒック……』

女の子は、答えられない。ただ、悲しそうに泣きじゃくるだけ。

『……外は寒かったろう？　とりあえず、ココアで身体《からだ》を温めていきな』

カウンターの中に入る父。彼がココアの用意を始める脇《わき》をすり抜け、母は自宅につながるドアの向こうに消えていった。

ほどなく、店に戻ってくる。母が手にしていたのは——バスタオル。

『そのままじゃ風邪《かぜ》引いちゃうから、これで髪の毛をお拭《ふ》きなさい』

『……グスッ……ありがとう……』

女の子は髪の毛の前に、涙に濡れる顔をグジグジと拭いた。

目は赤いままだったが、涙を拭《ぬぐ》うとなかなかに綺麗《きれい》な目鼻立ち。

その姿を、少年はあっけに取られた様子で眺める。何故《なぜ》だか、少しだけドキリとした。

『ちゃんと拭いたか？　じゃあ、こっちのカウンターに来な……ほら、今日のところはおじさんのオゴリだ』

父が、少年の座るすぐそばに、甘い湯気を立てたマグカップを置く。

女の子はおずおずとスツールに座り、首だけでペコリとお辞儀《じぎ》をした。

『……美味《おい》しい……あったかいです』

『そうかい、そりゃよかった』

彼女がマグカップに口をつけるのを見届けると、特に笑顔を見せるわけでもなく、父は洗い物を始めた。

そして、無愛想ながらも柔らかい語調で語る。

『何があったか聞く気はないけど、泣きたくなったら、ウチに寄っていくといい』

『……このお店に？』

『ああ。独りで泣くことほど、寂しいことはないからな……ただ、毎回ココアをおごってあげるわけじゃないぞ？』

『…………ありがとう、おじさん……グスッ』

父の言葉が心にしみたのか、女の子は再び涙ぐむ。

すると母は、カウンターの奥に戻りながら、いきなり少年の名前を口にした。

『それから、もしよかったら、ウチの健治《けんじ》と遊んでやってくれないかしら？』

『なっ……なんだよ母さん、急に⁉』

健治少年は、驚いて立ち上がった。

『男子と女子が、一緒に遊べるワケないじゃん！』

異性相手では、遊ぶどころか、会話さえバツの悪い年頃《としごろ》である。母の提案はとてもじゃないが、簡単に受け入れるワケにいかなかった。

もしかすると、少し赤面していたかも知れない。

しかし母は、息子の抗議をサラリと無視する。

『ここに来た時だけでいいから、ね？』

『…………』

母に言われて、女の子は初めて健治少年の方を向いた。

『ウッ……』

再び、ドキリとする健治少年。

女の子はまるで、彼の心中を探るような眼差《まなざ》しを向ける。

『うう……』

彼女の綺麗な瞳《ひとみ》に見つめられて、健治少年は妙な緊張を覚えた。

〝胸が高鳴る〟という感覚を知らない少年は、ただ戸惑うばかり。

（どうして、この女の子に正面から見つめられただけで、胸が苦しいんだろう……）

# プロローグ

「……しっかし、とんでもなく古い夢だなぁ」

気怠《けだる》そうに上体を起こすと、七瀬《ななせ》健治は茫然《ぼうぜん》と呟《つぶや》いた。

「小学生の頃か？　……なんでまた、今頃そんな夢を見るんだ、オレ……？」

モソモソとベッドから降り、窓の外を見る。

朝日がまぶしい。夕日以外の太陽を見るのは、実に1週間ぶりのコトだった。

「なンだよぉ……まだ2、3時間しか寝てねえじゃん。目が覚めるのが、早すぎ……」

ブツブツと呟きながら、寝直すべくベッドにもぐろうとする健治。

その視線がふと——部屋中央のテーブルの上に注がれた。

上に乗っていたのは、メモ用紙が1枚。何やら、走り書きがしてある。

「……誰《だれ》かの書き置きか？」

何気なく手に取り、書かれている内容に目を通した、その途端。

「…………な、何だコリャアッ⁉」

健治は目を見開いて叫んだ。

メモに書かれていたのは——。

『いいから、店を継《つ》げ！　——父』

健治の運命を変える、一連の大騒動。
全《すべ》てはこの、ボールペンで殴り書きされた一文から始まった——。

# 第1章　店を潰すな！　喫茶店リニューアル大作戦

「……いきなり何だってんだ、親父《おやじ》⁉」

驚きを隠せない様子で、健治はメモ用紙を裏返してみる。

果たして、裏面にも何やら書かれている。こちらは、一文だけではなかった。

『もともと、大学受験に失敗したら、店を継《つ》ぐという約束をしていたはず。

ところがお前は、受験に失敗した上に、予備校もサボってばかりじゃないか。

毎日夜遊びを繰り返して、ブラブラしているだけだ。

真剣に大学を目指す気がないなら、最初の約束を守ってもらう。

妹の面倒もちゃんと見て、真面目《まじめ》に店を開けるように。

なお、父さんと母さんは、２ヶ月ほど海外旅行に出かけてくるから、そのつもりで』

「キ、キタネエ……キタネエぞ、親父！」

読み終わったメモを手で握りつぶし、いかにも理不尽そうに吼《ほ》える健治。

「あんな約束、口から出任せに決まってんじゃねーか！　親父のヤツ、ワザと真に受けやがった‼」

「……ナニ、自分勝手なコトほざいてんのよ⁉」

唐突に、ドアが乱暴に開けられる。

「アンタがお気楽に〝プー太郎〟決め込んでるから！　このバカ兄貴！」

——妹の、晶《あきら》だった。

手に、メモ用紙が握られている。彼女も書き置きでおおよその事情を知ったらしい。

「ギャンギャン騒ぐな。近所に寝てるヒトがいたら、迷惑するだろーが」

「こんな時間にまだ寝てるグータラは、兄貴だけだよ！」

「……お前、チビのくせに、よくそんな大声出せるなぁ」

「そんなコト、今はどーだっていいでしょっ!!」

ものすごい勢いでまくし立てる晶。〝チビ〟呼ばわりがカンにさわったようだ。

「それより、ちゃんとお店で働いてよ！　アンタが今までみたいに遊んでばかりだと、明日食べるゴハンにだって困るんだから。アタシ、そんなのヤダからね！」

「えーっ？　別にオレじゃなくても、お前が店に出りゃあイイじゃん」

「アタシには学校の授業があるのよ、〝なんちゃって予備校生〟の兄貴と違ってね！」

「ンなの、サボればいいだけの話じゃ……（ばきっ）グハァッ!?」

「タワゴト言ってないで、ちゃんとやれぇ!!」

晶は、兄をぶん殴りながら叫んだ。

「これからアタシは学校に行って来るけど……くれぐれも、サボっちゃダメだからね！」

そして、乱暴にドアを閉じ、部屋を出ていった。

Sen

ひとり部屋に残った健治は、妹に殴られた頬《ほお》を押さえて、憮然《ぶぜん》と呟《つぶや》く。

「サボるも何も……ウチの店は、いつだって開店休業みたいなモンじゃないかよぉ」


——その日の午後。

健治は喫茶店《きっさてん》の中ではなく、何故《なぜ》か近所のアパートにいた。

「アイツ、ちゃんと起きてるだろーな……？」

2階角部屋のドアをノックする——返事はない。

「おーい、いないのかー……ん？」

ノブに手をかけると、ドアはあっけなく開いた。

「なんだ、いるじゃん。おーい、生きてるかー？　部屋にあがるぞー？　おーい……」

部屋の奥に呼びかけた途端。

「……じゃかましいっ!!」

出し抜けに、部屋の奥から怒鳴り声が返ってきた。

「訪問セールスも新聞勧誘も宗教関係も、ぜーんぶお断りやっ！」

そして、女性がひとり、ドタドタと現れる。

三つ編みで固めたボサボサの髪と、ビン底のような分厚いレンズの黒縁眼鏡《めがね》——少なくとも、身だしなみに命を懸《か》けるタイプの女性ではなさそうだ。

「……なんや。誰《だれ》かと思《おも》たら、アンタかいな。こんなトコでギャーギャーわめいとらんで、勝手にあがってくりゃエエやんか」

「ムチャゆーな。一応、お前だって女だろ？　男がカノジョでもない女性の部屋に、無断であがれるワケないだろーが」

「おっ!?　アンタがこの結城倫《ゆうきりん》サマを女扱いするなんて、どーゆー風の吹き回しや？」

女性——倫はニヤリと笑って、部屋の奥へ戻っていく。

後を追って部屋にあがりながら、健治は反論した。

「お前こそ、ちったぁオレを男扱いしろ。男の前に、パンツとヨレヨレのTシャツなんつー、はしたない姿で出てくんなよ」

「しゃーないやろ、寝とったんやから」

「言ってるそばからケツを掻《か》くな、ケツを」

「ま、テキトーに、空いてる所に座っとき」

「……相変わらず、汚い部屋だなー。空いてる所なんか、無いじゃねーかよ」

倫が美大生ということもあって、部屋には洗濯物やゴミの他に、キャンバスや画材なども転がっていた。ほとんど、足の踏み場もない。

倫はいったん奥の寝室に入り、すぐに戻ってきた。

――えんじ色のジャージの上下。やはり、異性の前で着る服装とは言いがたい。

「……いつも、それだなー。お前には、他に着るモノがないんかい？」

「エエやんか、これが一番ラクなんやから……ところで、今日はどないしたん？　アンタが日暮れ前に起きとるなんて、エライ珍しいやん」

「それがさあ……今日だけってワケにいかないんだよなぁ」

健治は、今朝の顛末《てんまつ》をかいつまんで説明する。

「……てなワケで、これからしばらくは夜型生活とオサラバなんだよ」

「へぇー……じゃあ何でアンタ、日も暮れてないのに、店やのうてココに来てんねん？」

「客がいないから、早じまい」

「なんや、それ？」

露骨《ろこつ》にあきれる倫に、彼は切実そうなフリをしてみせた。

「だってさー、朝からしばらく開けてたけど、店に来たのは仕事さぼってるセールスマンと、コーヒー1杯で3時間粘るオバサン3人組だけだぜ？　おまけに、こんな日に限って、バイトの女の子も無断欠勤だしさぁ」

「ノンキなトコは、ガキの頃《ころ》から変わらんなあ。アンタは、儲《もう》けようって気がないんか？」

「ま、なるようにしかならんさ。それより、どこかメシ食いに行こうぜ」

お気楽な笑みを浮かべる健治に、倫は意地の悪い笑顔を向ける。

「……どーせ、今日も金がなくて、ウチにたかりに来たんやろ？」

「うぐっ……」

「図星か……フン、ヒモ男め。幼なじみにたかって、恥ずかしゅうないんか？」

「お、お前……」

健治は一瞬だけ、何か言い返そうとした。

――結局言葉が浮かばなかったのは、図星だったからである。

「心配せんでも、今日もオゴったるわ」と、倫。

「その代わり、いつかは身体《からだ》で返してもらうで」

「……か、身体で？　そんなにエッチしたいんなら、今すぐにでもオッケーだぞ？」

「何で、ウチとアンタで、そないに不毛なコトせなアカンの？」

倫は軽くため息をついてから、玄関に向かう。

「第一、ウチみたいなブサイク食っても、腹こわすのがオチやって……ほら、腹こわさんモン食いに行くで」

「……そこまで言う前に、身なりに気を配れよー」

ボヤきながら、健治は後を追ってアパートを出た。

「ホラ、マンガみたいに、眼鏡取ったら美人とかって展開も、あるかもしんねーじゃん」

「そないな妄想にひたれるほど、ウチはヒマやないんや。ほら、今日は何食うねん？　アンタん家《ち》の向かい側にあるファミレスにでも行くか？」

「げっ……あ、あそこだけはちょっと……」

「ジョーダンやって。ほなら、いつものラーメン屋にでも……あっ」

提案しかけて、倫は道路の真ん中で、不意に足を止めた。

「ん？　どした、急に？　アパートのカギを掛けてかないのは、いつものコトだろ？」

「そーじゃなくて……来よったねん」

「来よったって、誰が？」

「……ファミレスの、社長令嬢《れいじょう》」

「え、えっ……!?」

瞬時にして、健治の表情が強《こわ》ばる。

彼が恐る恐る視線を向けた先には……憮然とした表情の少女が、仁王立ちになっていた。

ボブカットの髪の毛がフルフルと震えている。怒りをこらえていることは明白だった。

（あっちゃー……千尋《ちひろ》かよぉ。メンドクサイやつに出くわしたなぁ）

ウンザリと天を仰《あお》ぐ健治に、少女——千尋の怒声が飛んだ。

「……やっぱり、そうなんじゃない……！」

「何が、そうなんだよ……？」

「とぼけないで！　やっぱりアンタたち、付き合ってんじゃない!!」

「また、その話かよ。それは誤解だって、何度も説明したはず……」

「アンタ、下着姿だったそのオンナと、一緒にいたじゃない！　そんな光景見せられて、ナニを誤解するってのよ⁉」

「コイツは昔っから着るモノに無頓着《むとんちゃく》なんだから、しようがねえじゃねーか」

「昔っから⁉　アンタたち、そんな昔から付き合ってたの⁉」

「おっ、お前っ、それは論理が飛躍しすぎだろ！」

驚く健治を前に、千尋のボルテージは勝手に暴走していく。

「サイッテー！　アンタ、そーやってずーっと二股《ふたまた》かけて、アタシをだましてたのね⁉」

「だからそれは、千尋の勝手な思い込みじゃねーか！」

「ナニよぉ！　この期《ご》に及んで、まだ言い逃れを……」

「……どーでもエエけど」

ここで初めて、倫が口を挟んだ。

「いくらなんでも、元カレに執着しっぱなしってのは、みっともないンちゃうの、千尋？」

「……何ですってぇ⁉」

「仮に、ウチと健治がホンマに付き合っとったとして……」

彼女は苦笑しながら、すぐそばの電柱にもたれる。健治と千尋の口論に、何度も立ち合ったからこそその余裕であった。

「……それで何で、千尋が腹立てるんや？　別れたオトコのコトなんか、放っときーな」

「どっ、どーしてアタシが、健治のコトなんか、気にしなきゃいけないのよっ⁉」

「んじゃ、何でこんなトコにおんのん？　健治に用でもあるんか？　それとも、ウチ？」

「たまたま、通りがかっただけよっ！」

ひとしきり怒鳴りまくって息を切らした後、千尋は呼吸を整えながら話題を変える。

「ゼェ、ゼェ……そんなコトより健治、アンタの家のオジサンとオバサン、家を出てったらしいわね？」

「……はあ⁉　どーしてお前が、そのコト知ってんだ？」

「さっき、晶ちゃんに聞いたのよ」

「……あのバカ、余計なことをしゃべりやがって……」

「で、アンタ、店を任されたんでしょ？」

先程までのヒステリックな反応から一転、千尋は健治を小馬鹿《こばか》にしたようにせせら笑う。

「なのに、何でこんな時間に、そこの田舎者と往来をウロウロしてんのよ？」

「……放っとけよ。お前にゃ関係ないだろ」

「あらぁ、関係あるわよ。ウチのファミレスの商売敵《しょうばいがたき》が、アッサリ潰《つぶ》れてくれるかもしれないんだから。アンタに客商売が務まるとも思えないしね」

「お、お前な……」

「何よ。言い返せる？　言い返してごらんなさいよ。アンタがウチのファミレスに、マトモに太刀打《たちう》ちできるんならね！」

「ムググ……」

盾突《たてつ》くような千尋の物言いに、健治は言い返せない。

千尋の実家は、全国にチェーン展開している有名なファミリーレストラン。とてもではないが、一介の喫茶店が勝負できるような規模の店ではなかったのだ。

反論が返ってこないのを見て、千尋はなおさら不遜《ふそん》な口調になる。

「フン！　店も開けないで、そこのオタクザルとフラフラつるんでるくらいなら、早く手を切って、真面目に就職するなり勉強するなりすればいいじゃない」

「おっ、お前っ……！」

健治の顔色が、サッと変わった。

自分が罵倒《ばとう》されるならまだしも、いきなり親友を悪《あ》し様《ざま》に言われては、堪忍袋《かんにんぶくろ》の緒《お》も切れようと言うものである。しかし。

「……誰がオタクザルやねんっ⁉」

——堪忍袋の緒が先に切れたのは、倫であった。

「黙って聞いとれば、好き放題抜かしよって‼」

「アラ？　オタクともなれば、サルでも人間の言葉を話すのねえ」

「アンタの憎まれ口は、昔っから全然変わらんなあ！」

「そんなダサいジャージ姿でギャアギャアわめいてると、保健所の職員が捕獲《ほかく》に来るわよ」

「ち〜ひ〜ろ〜っ!!」

普段は冷静な倫が、ついさっきの千尋並にエキサイトする。

ふたりの相性の悪さを知る健治にとっては、もはや堪忍袋どころではない。

「お、落ち着け、倫っ！　口喧嘩《くちげんか》で相手に殴りかかるのは、ただのバカだぞ！」

「止めんなやぁっ！　こ、この高飛車オンナだけは、一回ドツかな気が済まへん〜っ！」

「まあ、野生のサルは暴力まで振るうから、恐《こわ》いわぁ」

「黙れ、千尋！」

暴れる倫を羽交い締めにしながら、健治は必死に怒鳴った。

「オレがコイツを押さえてる間に、とっとと家に帰れ！」

「……言われなくても帰るわよ！　フンッ!!」

千尋は、倫以上に険しい一瞥《いちべつ》を残して、ふたりの前を憤然と去っていく。

後に残された健治は、倫をなだめるのに一苦労だった。

「お前、どーして千尋相手だと、そーも簡単に頭に血が上るんだ？」

「アイツがオタク呼ばわりせーへんかったら、ウチだって怒りゃせんわ！」

「お、おいおい、落ち着けよぉ」

「そもそもアンタが甘すぎるんや！　アンタが甘やかしてアイツをつけ上がらせたさかい、結局は別れる羽目になったコト、自覚しとんのんかっ⁉」

「なっ、何だよっ⁉　それは今、関係ない……！」

「それよりアンタ、あないなコト言われて悔しないんか⁉」

「あ、あんなコト……って？」

「ドアホゥ！　アンタ、千尋に『客商売は務まらん』て、はっきりバカにされたんやで⁉」

「……ああ、そーいえば」

怒鳴られて健治は初めて思い出す。言われてから間もないのに、倫のキレっぷりに気圧《けお》されて、すっかり意識から飛んでしまっていたようだ。

やや間の抜けた彼の表情を見て、倫はさらにボルテージを上げる。

「……ええい、埒《らち》があかん！　健治、アンタの店に行くで！」

「えっ、何だよ急に？」

「作戦会議や！　千尋にずえったい、目にモノ見せたるわっ！」

「ええっ⁉　メ、メシは……？」

「ンなモン、アンタがピラフでも何でも作ればエエやんか！　ほな、行くで！」

「お、おいおいっ！」

健治は慌てて、勝手に歩き出す倫を追った。

――ところが。

「……ん？　誰や、アレ？」

健治の家にほど近いところで、倫が不意に足を止めた。

「どうした、急に？」

「アンタの店を、コソコソ覗《のぞ》き見しようとしとる女の子がおるで」

「へっ？」

言われて見ると――店の窓のそばを、ゴソゴソと動く影がある。

「……ホントにやってない……のかしら？　普段なら、こんな時間に店が開いてないワケないのに……」

窓越しに、明かりの消えた店内を覗き見ようとしている。

健治はその後ろ姿と、頭につけたリボンに、大いに見覚えがあった。

忍び足で窓に近付くと、彼は大声で呼びかける。

「……こら、遅刻バイト！　そんな所で何してんだ⁉」

「キャイ～ン⁉」

甲高《かんだか》い悲鳴が返ってきた。

同時に、中肉中背の少女が、その場で店の壁にへばりついた。

モミアゲだけ伸ばしたショートカット・ヘアと、可愛《かわい》らしいけど妙にオドオドした感じ

の表情が印象的である。

　着ているセーラー服が、スレンダーな体型にフィットしている。晶も現役で通っている、健治の母校の制服であった。

　少女は、声の主が健治であることを確認すると、引きつった笑顔を浮かべる。

「あ……あははは……け、健治さん、おはようございますぅ」

「おはようじゃないよ、咲夜《さくや》ちゃん。遅刻されたらこっちも困るだろ？」

　健治は少女——女子校生アルバイトの咲夜に、ため息をついてみせた。

「ご、ごめんなさい……」

「まあ、いいや。それより、今日からしばらくオレが店長やることになったから」

「健治さんが、店長……ですか？」

　咲夜は驚きの表情を作る。

　しかしそれは、店長交代を突然聞かされたから——ではなかった。

「……店長、ホントに店を出て行っちゃったんですね」

「へっ⁉　ホ、ホントにって、どーゆーコトだよ？」

「昨日いきなり、しばらく店を休むように、店長に言われたんです。休みの間のバイト代も前払いでいただいちゃって……」

「な、なにぃっ⁉」

「話をうかがったら、健治さんがひとりで店を切り盛りするから、手伝わないでくれって言われまして……」

「て、手伝うなって……あのクソ親父、何を考えてやがる……！」

咲夜に告げられて、健治は軽くめまいを覚える。

「はぁ～、さっきのアンタの話、ホンマやったんやなぁ」

倫が口を挟むと――咲夜は彼女の顔を見て、すぐに反応した。

「あ、あなたは……先月、チーズケーキとアッサムティーを頼まれたお客さまですね？」

「おおっ？　アンタ、よぉそんなコト覚えとんな～」

「ええ。お客さまのお顔と注文された品は、できるだけ覚えるようにしてますから」

「へぇ、大したモンやな～……」

いかにもプロらしい発言を聞いた倫は、咲夜の姿を眺めた後、シレッと言い放った。

「……バストから順に、82・53・84ってトコか」

「……ひえっ⁉」

「もーちっとオッパイのボリュームが欲しいけど、まずまずなスタイルやな♪」

「ええ～っ⁉　ど、どーして知ってるんですかぁ⁉」

顔を真っ青にして仰天する咲夜。どうやら、正解だったようだ。

「……なあ、倫。オレは、お前がスリーサイズ当てるの得意だって知ってるからいいけど、知らない人間相手にやるとビビるから、やめた方がいいんじゃねーか？」

「そか？　慣れれば、誰にでもできるコトや思うんやけどなー」

倫は肩をすくめると、店のドアを指差した。

「ところで、そろそろ店に入れてーな。作戦会議、やるで」

「そ、その作戦会議って、何だよ？」

「決まってるやん。この喫茶店を、千尋んトコのファミレスに負けない、人気店にするための作戦を練るんやんか！」

そして、咲夜の顔を見ながらニヤリと笑う。

「はわわっ⁉　わ、私、どんな目に遭《あ》うんですかぁ……？」

可哀想《かわいそう》に、咲夜は倫の得体の知れなさに、すっかり怯《おび》えてしまっていた。

倫の答えは、一言。

「すぐに分かる」


——次の週末。

健治と咲夜は、未知の世界のまっただ中にいた。

「……あ、あの、健治さん……」

パイプ椅子《いす》に座ったまま、咲夜は不安げに声をかける。

健治は、目の前の机《つくえ》に積まれた小冊子の中身を眺めながら、強ばった声で答える。

「……バイト代なら、心配しないでいい。倫が払わなくても、オレが代わりに払うから」

「い、いえ、そういうコトじゃなくて……ここ、どこなんでしょうか？」

「知らない？　結構有名なイベントホールじゃん。車のショーやら、ゲームの新作発表会やらで、ニュースにもちょくちょく出てくる……」

「い、いえ、それは私も知ってるんですけど……これ、何のイベントなんですか？」

「そう尋ねられると……オレもよく分からん」

ふたりが茫然《ぼうぜん》と眺める目の前を……さまざまな格好の男女が行き来していた。

軍服姿の男と、青い学生服を着た女。

アニメキャラのイラストがプリントされている、Tシャツを着た男。

新人アイドル歌手が着ていそうな、ミニスカートの衣装に身を包んだ——男。

水着のようなコスチュームから、ブヨブヨの脇腹《わきばら》をはみ出させている女。

「……仮装大会にしては、着てるモノに大きな偏《かたよ》りがあるような……」

「か、仮装大会で、こういう本みたいなのって売るんですかぁ？」

「倫は〝同人誌即売会〟って言ってたけど、〝同人誌〟って何だろ……あ、いらっしゃい」

「これ、20冊ください」

「に、にじゅっさつって……頒価《はんか》が千円、全部で二万円になりますけど……だいじょぶ？」

「へ？　もちろん〝共同購入〟だから、お金はみんなから集めるけど……問題ある？」

「い、いえいえ！　ありがとうございました……」

小冊子の束を抱えて机を離れる男の背を、咲夜は不思議そうに見つめた。

「……20冊も共同購入って……ひとりずつ買うヒマもないんでしょうか？」

「オレに訊《き》かれても、知らないよ……あ、倫が戻ってきた」

「おー、〝店番〟ゴクローサン！」

中身の詰まった紙袋を両手に提げ、倫がふたりの元に戻ってくる。

「ところで、今売っとる同人誌、ふたりとも読んでみたぁ？」

「い、いやっ、読んでないっ！」

健治の強い否定は、ウソである。さっき本の中身を覗いてみて、慌てて閉じたのだ。

（こ、この本って……凌辱《りょうじょく》モノのエロ漫画《まんが》じゃねえかよ！）

「じゃあ、ふたりにあげるさかい、家に帰ってからでも読んでや」

「ハ、ハハハ……ところでこの本、全部お前が作ったの？」

「いや。〝ヤマモト花子《はなこ》〟ゆーペンネームで、ゲストとして2、3ページ書いただけや」

（……コイツがダサイのって、ファッションセンスだけじゃなかったんだなぁ）

妙な感慨を覚えてしまう健治。もちろん、口に出すほど馬鹿ではない。

「まー、どっちかっちゅーと、ウチはコスチュームが専門でな」

「コスチュームぅ？」

「可愛い女の子の注文を聞いて、オーダーメイドで衣装を作ったるんやわ。これと同人誌で、結構な稼《かせ》ぎになるんやで！」

「稼ぎって……どのくらいですか？」

「せやな―……今日は千円の新刊だけで、四千冊持ってきとるから……」

「よ、よんせんさつぅっ⁉」

「バックナンバーとコスチュームの売り上げも足すと、帰りに現金《キャッシュ》で外車が買えるな」

「…………」

健治と咲夜は、目を丸くして互いの顔を見合わせる。

「そ、それだけ喫茶店で稼ぐのに、何ヶ月くらいかかるんでしょーね……？」

「こないだの〝作戦会議〟で大口叩《たた》けるワケだ……」

茫然と呟きながら、健治の脳裏には数日前の喫茶店での光景がよみがえる。

『……喫茶店をリニューアルぅ⁉』

『そ、そんないきなり、ムチャですよぉ～』

『そないに驚かんでも。何もウチは、一から喫茶店を建《た》て替えろとまでは言うてない』

――その時、仰天する健治と咲夜を前にして、倫は得意げに語ったものだ。

『外装と内装をチョイチョイといじるだけや。それだけでも、客の入りはかなり違《ちゃ》うでー』

『そーは言うけど、改装費用はチョイチョイと捻《ひね》り出せねーぞ？』

『ウチが立て替えたる。後で、店の売り上げから返してくれたらエエ』

『で、でも、そう簡単に返せるモノではないんじゃないですか……？』

『返せるだけ稼げばエエだけの話やろ？』

『お前、アッサリと言うけどなー……すぐ目の前に千尋の家のファミレスがあるんだぜ？　そう易々《やすやす》と売り上げが上げられるワケが……』

『エエイ！　新店主が、そないにヘタレなコトで、どないすんのや⁉』

『ひえっ⁉』

『アンタかて、店を潰したないんやろ？　まずアンタにやる気がないと、ウチにも打つ手はあれへんで！』

『そりゃ潰したくないけど……そこまで言うからには、何かアイデアでもあるのか？』

『まあ、見とき。アンタがウチにマネージメントを一任してくれるんやったら、キッチリ客の入る店に仕上げたるって！』

――翌日にはさっそく業者がやってきて、けたたましい音とともに改装工事を始めた。

工事中は家にいられないため、健治はやむなく倫のアパートに身を寄せるハメになった。

（まあ、倫のヤツは今朝までアパートに戻ってこなかったから、結局オレが留守番する格好になったけど……）

思わず、眼前の倫をしげしげと見つめる健治。古い付き合いなのに、初対面のような目つきになってしまったのは、仕方ないかも知れない。

（コイツ……どこかでずっと、このエロ漫画やコスチュームを作ってたのか……）

「……ナンやねん、その何か言いたそうな顔は？」

「い、いや、何でもない……ところで、お前に言われるがままにここまで来たのはいいけど、このイベントと喫茶店の売上増に、どんな関係があるんだ……？」

「それが、大アリやねん。まあ、すぐに分かるコトやけどな……おっ！」

不意に倫が、後ろを振り返って手を挙げた。

「〝まゆぽん〟、お疲れさーん……おー、〝花梨《かりん》〟！　久しぶりやねー」

彼女の声に呼応して、ふたりの女性がやって来る。

「はにゃーん。花ちゃん、連れてきたよ～」

「ご無沙汰《ぶさた》してます、先生」

晶と同世代の小柄な少女〝まゆぽん〟と、普段はＯＬでもしていそうな女性〝花梨〟。

「………………」

A-3ab
新刊&テレカ
HARDEDGE
¥1000

その姿に——〝一般人〟ふたりは、言葉を失った。

〝まゆぽん〟が着ていたのは、フリル付きのブラウスに、ピンクのスカートと帽子《ぼうし》。それだけでもかなり〝コテコテ〟なのに、背中には何故か羽らしきモノが生《は》えている。

一方の〝花梨〟はといえば——何故か女忍者風の装束。あらわになった胸元と太股《ふともも》に、咲夜は思わず赤面する。

「あ、あまりジッと見ちゃダメですよ、健治さん！」

「オ、オレは見てないよぉ」

「紹介するわ。アンタらに売ってもらっとる同人誌を描いた〝まゆぽん〟。いつもウチとふたりでイベントに参加する、いわゆる〝相方〟やな」

「初めましてー。今日は売り子を手伝ってくれて、ありがとうございますぅ」

「で、こっちが人気コスプレイヤーの〝花梨〟。まゆぽんもそうやけど、彼女もウチのコスチュームの上得意や」

「こんにちは。先生には、いつもお世話になってます」

「……倫。お前、先生なんて呼ばれてんの？」

「花梨はウチより年上なんやから、呼ばんでエエって言うとんのやけどなあ」

「いいじゃないですか。ここまで完璧《かんぺき》な寸法やデザインのコスチュームを作れるのは先生くらいなんですから、〝先生〟って呼ばせてくださいよ」

言いながら衣装に手を当てる花梨。どうやら、彼女の衣装も倫のお手製らしい。

「それにしても、今日も大変だったよぉ」と、まゆぽん。

「花梨さんたら相変わらず、カメラ小僧さんたちにずーっと囲まれてて、ここまで連れてくるの大変だったんだからー」

「おおきに。まゆぽんはエエ子やなー」

まゆぽんの頭を軽く撫《な》でると、倫は健治たちに向き直る。

「ウチはこれから、まゆぽんや花梨と大事な話があるさかい、売り子は任せたで！」

「う、うん……」

「ほなふたりとも、人通りの少ない所に行こか」

３人は、奇妙なファッションだらけの雑踏に消えていく。

残された健治と咲夜を、言い知れない疲労感と不安が支配するのだった。

「あ、あの……ホントにこのバイト、喫茶店と関係あるんですかぁ？」

「……オレに訊くなってば」


――翌日。

「ホントに、改装工事とやらは、昨日で終わったんだよね⁉」

「久々に顔を合わせるなり、食ってかかるなよ」

健治は自宅への帰途で、偶然晶と再会した。

「そりゃ、食ってかかりたくもなるわよ！　何の前触れもなく、『店を改装するから出ていけ』なんてさ！」

「『しばらく亜由美《あゆみ》ちゃんの家に泊《と》めてもらえ』って言ったんだよ。なあ？」

彼は妹の勢いに辟易《へきえき》しながら、隣にいるやや長身の少女に同意を求めた。

「……こんな時だけ〝亜由美ちゃん〟だなんて、居心地悪いなあ。いつも通り〝あゆ〟でいいよ、お兄ちゃん」

少女――亜由美は、照れくさそうに苦笑する。

「でも、お兄ちゃんがそう言ってくれたおかげで、晶ちゃんが何年かぶりに、ウチにお泊まりに来てくれたんだモンね♪」

「ごめんね、あゆ。バカ兄貴のせいで、オジサンやオバサンにまで迷惑かけちゃって」

「平気だよー。パパもママも、晶ちゃんが泊まりに来てくれて、大喜びだったんだから」

「……へへ、そっか♪　やっぱり、持つべきモノは幼なじみだね」

「そーゆーコトだ。ちゃんと、礼を言っとけよ」

「兄貴がエラそうに言うな！（バコッ）」

「ぐはっ！　が、学生カバンで殴るな！」

「ダメだよ晶ちゃん、お兄ちゃんに乱暴しちゃぁ」

——亜由美は、小学生時代からの、晶の幼なじみ。

おっとりした性格が、晶の激しい気性と好相性だったのか、十年以上も姉妹同然の付き合いを続けていた。

毎日のように家まで遊びに来ていたので、健治と顔を合わせる機会も多く、今でも幼かった頃と同様に彼のことを〝お兄ちゃん〟と呼んでいる。

「イデデ……あゆが本当の妹だったら、こんな乱暴なコトしないのになぁ」

健治が殴られた箇所《かしょ》をさすりながらぼやくと、晶と亜由美の双方から非難が飛んだ。

「いちいち、私とあゆを比べるなっ！」

「あゆ、本当の妹じゃなくても、乱暴なんてしないよぉ」

「非難の内容は違うのに、ツッコむタイミングは同じなんだなぁ……えっ？」

妙に感心する健治の足が、ふと止まった。

「どうしたの、お兄ちゃん？」

「まだ、工事が終わってないなんて言うんじゃないでしょーね？」

「い、いや、工事は終わってるんだが……これ、ホントにウチの店か？」

あっけに取られて呟く健治。

彼らの視線の先には——すっかり様変わりした喫茶店があった。

Well
come

平凡な、それでいて落ち着いた外観は既にない。

道路に面する部分は全《すべ》てガラス張りになっており、店内がすみずみまで見渡せるようになっている。

細々《こまごま》とした少女趣味の装飾も、かつての我が家では考えられないモノだった。

何より——ガラス窓のすぐ外側に、テーブルと椅子が何組か用意されている。

「カ、カフェテラスかよ……まるで別の店だな……」

——店内は、さらに徹底されていた。

パステルカラーの内壁、各所に飾られた鉢植《はちう》えの花、多用されている星形の装飾。

「うわあ、カワイイ！」

「ひえー……ここまでするのに、いくらかかったのかしら？」

対照的な反応を耳にしつつ、健治は口をポカンと開けながら、店内を見回す。

「……ホントにこれで、客の入りがよくなるのかぁ？」

「何や、もう帰ってきたんか？　……おー、晶も亜由美も、久しぶり」

不意に、店の奥から倫が姿を現した。

「そんな所で、何してるんだ？」

「あー、男はまだ、こっち来たらアカンで。女の子が着替え中や」

「女の子が着替え？　一体、誰が……」

健治が尋ねる間もなく——倫の後ろから人影が現れる。

「こんにちはー」

「昨日はお疲れさま。慣れないイベント参加で、大変だったでしょう？」

その姿を見て、健治は思わず声を上げる。

「……まゆぽんチャンに、花梨さん⁉」

「それはペンネームとコスプレネームや」と、すかさず倫が訂正を入れた。

「本名は〝繭《まゆ》〟と〝さゆら〟やさかい、普段はそう呼んだってや」

「へえ、こないだのアレは、本名じゃなかったんだ……って、そんなコトより！」

彼が指で差したのは——〝まゆぽんと花梨〟改め〝繭とさゆら〟の着ている衣装。

「ひょっとして……コレ、ウェイトレスの制服⁉」

「そうや。よう分かったな？」

デザインとしては、昨日の同人誌即売会で繭が着ていたコスプレに酷似していた。ただ、背中の羽などの〝いかにも〟な装飾は省かれており、腰回りにエプロンが着いている。

「ウチの自信作やで。カワイイやろ？」

「カワイイのは確かだけど……しかしまた、コスプレチックな……」

一瞬ため息をついた後、健治はさらなる問いをぶつける。

「……それと、どうしてこのふたりがここにいるんだ？」

「このカッコ見て、分からへんか？」

いかにもあきれた様子で、肩をすくめる倫。

「新人ウェイトレスとして採用するからに、決まっとるやろ？」

「……えーっ⁉」

「昨日のイベント会場で、条件の詰めをやったんや。まゆぽんは学生やし、花梨《さゆら》はＯＬとの兼業やさかい、勤務時間の調整が要《い》ったモンでな……」

「そ、そんなコトより……バイト代なんて、咲夜ちゃんに余分に払ってる一人分が精一杯なんだよ！」

大慌てで声を上げる健治に対して、倫はあくまで強気である。

「なら、人数分払えるように稼げばエエだけやないか」

「よろしくお願いしま～す（ペコリ）」

「これから頑張《がんば》りましょうね、店長」

「と、戸惑ってんのは、オレひとりかよ……」

釈然《しゃくぜん》としないモノを感じつつも、健治は認めざるを得ない。何しろ、マネージメントは倫に一任したのだ。

「……じゃあ、これからはよろしくな」

その時——４人から少し離れた所でうらやましそうな声が響いた。

「……いいなあ。あの制服、カワイイなあ。着たいなあ……」

「おっ⁉　コレを着たいんか、亜由美⁉」

すかさず食いつく倫。一方、仰天したのは晶である。

「ちょ、ちょっと待ちなよ、あゆ！　アレを着るってコトは、ここでウェイトレスするってコトだよ⁉」

「分かってるよ。あゆ、ここでバイトしたい」

「おー、そうかそうか！　亜由美くらいカワイイ子やったら、全然ウェルカムやで！」

「お、落ち着きなよ、あゆ！　アンタ、バイトなんてしたコトないじゃない！」

倫は喜び、晶はうろたえる。

健治は、展開の速さについていけない。

そこへ。

「……ああ～っ⁉」

——咲夜のモノとおぼしき悲鳴が、入口から聞こえてきた。

「ど、どーした⁉」

健治が外に飛び出してみると、たった今店にやってきた咲夜が、新しく用意された店の看板を指差してプルプル震えていた。

「か、改装だなんて言っておいて、ホントはどっかに買収されちゃったんですねぇ～」

半ベソ状態の咲夜。彼女の言っていることが、健治には理解できない。

「ワケ分からんなあ。看板がどーした……って、おいおいおいおいッ!?」

しかし、看板を一瞥した途端、健治の目も驚きに見開かれた。

「ウチの店名は〝豆〟だぞ！　こんなデタラメな看板用意して、どーする!?」

彼が見た看板。そこに書かれていたのは――


〝Milkyway〟


「……ウチの独断で、店名変えた」

倫は全く悪びれなかった。

「いっくらなんでも、〝豆〟なんてダサダサな名前は放置できんやろ」

（……そう思う前に、お前のダサダサなジャージ姿はどーにかならんのか？）

そんなことを思いながら、健治は口には出さなかった。賢明な男である。

「でも、どーして店名が〝ミルクの道〟なんだ？」

「……アンタには、浪漫《ロマン》と英語力が足らんなぁ。〝Milkyway〟ゆーたら、天の川って意味やろ？」

さも当然のような顔で説明する倫。

「で、天の川ゆーたら、七夕や。これで、理由が分かったやろ？」

「……分からん。七夕がどーかしたのか？」

「……鈍《ニブ》チンやなあ、アンタも。この店は3日後の7月7日にオープンするんやで？　それやったら、七夕にちなんだ店名付けたなるのも、乙女心《おとめごころ》ゆーモンやないか？」

一瞬の沈黙の後、健治はポツリと呟いた。

（…………この店名にしたくて、オープン日を7月7日にしたんじゃねえか？）

一方、咲夜はといえば——

「うぇ～ん、このミルキーウェイってところに買収されちゃったんですねぇ～。ひょ、ひょっとして、私も一緒に買収されちゃったんですかぁ～？　健治さ～ん、私、どうしたら……ふぇぇ～ん」

——勘違いの上に妄想を積み重ねて、勝手にベソをかいていた。

このような騒然とした（雑然とした？）雰囲気《ふんいき》のまま、新生〝Milkyway〟は、7月7日を迎えた——。

# 第2章　新装開店！　Milkyway、波乱の幕開け

「……落ち着かんなぁ、あそこ」

開店1時間前、健治はボヤきながらカウンターに戻った。

「いくらなんでも、男子トイレまで少女趣味にすることたぁないのに」

「何ゆーとんねん」と、倫。今日も相変わらず、ジャージ姿である。

「そこまでやって統一感を出さな、ただの手抜きに見られるで？」

「統一感、ねえ……」

すっかり様変わりした内装を、何とも言えない表情で眺める健治。

その視界に、晶や亜由美とは異なる制服姿の少女が映った。

「……おっ、まゆぽんが来たっ」

「おー。繭ちゃん、おはよう」

健治は軽く笑って、声をかける。

返ってきた声は——。

「……………おはよう……ございます…………」

「あ、あれ？」

テンポをはずされて、思わず健治の上体がガクリと揺れる。

「……な、何かあったの？　何だか、声がメチャクチャ小さく聞こえるんだけど……」

「……………いえ…………別に何も………」

「まゆぽんの素《すー》は、こんなモンやで」

「……素？　じゃあ今まで、繭ちゃんは演技でもしてたのかぁ？」

「まー、ある意味演技やけどな……ああ、まゆぽんは早《はよ》う着替えてき」

「…………うん……そうする…………」

妙にオドオドモジモジした様子の繭が更衣室に消えると、倫は苦笑混じりに説明した。

「演技っちゅうよりは、〝なりきっとる〟言うた方が正確やな」

「なりきり？」

「着とるコスチュームに合わせて、身のこなしやら話し方やらがまるっきり変わるねん。あそこまで徹底しとると、もう本能ゆーても間違いやないな」

「…………？」

説明を聞いても、〝一般人〟の健治には理解不能。

やがて、ウェイトレスの制服に着替えた繭が戻ってきた。

「お待たせしましたー」

先程のオドオドした様子は、すっかりなりを潜めていた。まるで別人である。

「…………」

「……？　どーしました、店長？　私の顔に、何かついてますかぁ？」

「えっ？　い、いや、別に……」

ワケもなく後ろめたさを感じた健治は、さりげなく視線を店の入口付近に移す。

「お兄ちゃん、来たよ〜♪」

——ちょうど、制服姿の亜由美がやってきた。

「おっ、あゆか……あれ？　いつものちっこいヤツはどーした？」

「ち、ちっこいって……晶ちゃんのコト？」

亜由美は引きつった笑みを浮かべた後、少し表情をかげらせる。

「ちょっと、学校でモメちゃって……あゆが、どうしてもバイトをするって言い張っちゃったから……」

「何だアイツ、ちゃんと店で働けって割には、オレのやることに文句つけやがって……」

「晶ちゃんもきっと、いろいろ考えることがあるんだよ」と亜由美。

「大丈夫だよ。あゆ、ちゃんと晶ちゃんを説得するから、ね？」

「……あゆは、イイコだなあ（ナデナデ）」

「えへへ♪」

ため息をつきながら、健治が亜由美の頭を撫《な》でているところへ——、

「けっ、健治さぁ〜ん！　……じゃなくって、店長〜っ!!」

けたたましく店に飛び込んできた少女が、ひとり。

「ど、どーしたよ、咲夜ちゃん？」

「何の騒ぎやねん？」

皆が怪訝《けげん》そうな顔をする中、店に駆け込んできた咲夜は、息を切らしながら叫んだ。

「む、向こうの公園に、ものすごい人だかりができてるんですよぉ～！」

「人だかり？」

「何百人もいるんです！　聞いてみたら皆さん、ウチの開店を待ってるお客さんですって
……宣伝もしてないのに、何か裏で大きな力でも働いてるんでしょうかぁ～⁉」

怯《おび》えているのか、半べソをかいてしまっている。

その様子に、倫が苦笑いを浮かべた。

「心配せんでエエって。連中は宣伝を見聞きしてやって来ただけやって」

「宣伝？　お前、いつの間にそんなコトしたんだ？　立て看板でも出したのか？」

「そない非効率なやり方やなくて、インターネットと口コミ使《つこ》うたんや。初日の今日は、
千人くらい来るんちゃうか」

「…………せ、せんにん⁉」

自分のそれと2桁《けた》も違う来客予測に、目を白黒させる健治。

一方の倫は、涼しい顔で説明する。

「まあ、普通の喫茶店《きっさてん》とは内装や制服で差別化を図ったさかい、そんくらいは入るやろ」

「……内装とか制服程度で、そんなに客って入るかぁ？」

「入る！」

自信満々の一言とともに、彼女の眼鏡《めがね》がキラリと光った。

「今のうちに説明しとく。この店の売りは、コーヒーを飲ませるコトやないで」

「……ウチは喫茶店だぞ？　コーヒー以外に、どんな売りがあるってんだ？」

「ズバリ、〝カワイイ制服を着たカワイイ女の子を見て楽しめる〟……これやね！」

「へっ⁉」

健治は一瞬、倫が何を言っているのか理解できない。

「こないだ、即売会で売り子やってもろたやろ？」

「う、うん」

「ええか健治、あそこに来るような連中が、〝Milkyway〟の狙《ねら》う客層や」

「……それってもしかして、コーヒーとかデザートとかじゃなくて、〝ウェイトレスのコスプレ〟を売り物にするってコトですかぁ⁉」

「ユーザーのニーズに狙いを合わせて、何が悪い？」

仰天する咲夜にも、倫はビクともしない。

「ああいう人種は、ウェイトレスと制服のレベルが高ければ、固い常連になってくれるんや！　ファミレスに対抗しよう思《おも》たら、店のカラーを前面に押し出してかなアカン！」

「……そーゆーモンなのか？」

結局、説明を聞いてもいまいちピンとこない健治。

キリがないことをさとったのか——倫は一言で、議論を断ち切った。

「……この店はしばらく、ウチのマネージメントに一任してくれる言うたよな？」

「い、言ったけどさぁ……」

「まあ、心配せんでもエエわ。公園の人だかりも、知り合いのイベントスタッフに仕切らせとるで、暴動が起こるとかゆーコトはあらへん」

（……世の中、オレの分からないコトがいっぱいあるんだなぁ）

つい、ため息を漏らしてしまったのは、健治の無力感のゆえか。


「いらっしゃいませ！　〝Milkyway〟へようこそ！」

——7月7日午後3時。

新生〝Milkyway〟は、制服に着替えた咲夜の一言とともにスタートした。

開け放たれた入口から、待ちかねた客が続々と店内になだれ込む。

店は1分と経《た》たないうちに、満席となってしまった。

さっそく殺到する注文。咲夜・繭・亜由美が手分けして取ったオーダーの伝票が、カウンターにズラリと並べられる。

「うわうわうわ……ウチに客が入りきれないなんて、初めて見る光景だな、オイ」

大慌てで調理を始める健治に、こっそりカウンターに入ってきた倫が耳打ちする。

「ガンガン客の回転利かすで。長居しそうな客には〝今日は時間制ですから〟言うて、どんどん次の客を入れェや」

「……それはちょっと、不親切すぎねえか？」

「店の外を見てみぃ。さっき咲夜が何でビックリしとったのか、すぐに分かるさかい」

健治は言われるままに、店のドアから外の様子を眺め——絶句した。

「……何だコリャ⁉」

店のガラス張りの面からは死角になる位置に、百人もの空席待ちの行列ができていた。

「列が短くなったら、向こうの公園から50人ほど補填《ほてん》するんや。コレやったら、近所に迷惑かけへんでもすむやろ？」

「こ、こんな数……一日でどーやってさばくんだよっ⁉」

「せやから、長居客の面倒は見きれへん言うてんねん」

「……こりゃ、今日は戦争だな」

事実——健治やウェイトレスたちにとっては、戦場のような忙しさとなった。

何しろ、咲夜はともかく、繭や亜由美にはウェイトレス経験がゼロなのだ。

未経験者にとって、トレイを持ってテーブルの間を縫《ぬ》うように歩くことや、客の注文を間違えずカウンターに伝えることは、意外に難しいのである。

「フルーツパフェ3つとレモンティー2つとアイスコーヒー、お待たせしまし……キャアァッ!?（ガッシャァァァン！）」

「あ、亜由美さん、大丈夫ですか……お、お、お客さま、申し訳ございません！」

「ええと……モンブランケーキと、ブレンドコーヒーをおふたつずつですね。少々お待ち下さぁい……店長～、塩ラーメン3つお願いしま～す」

「コラコラコラコラ、繭ちゃん！　ウチのメニューに塩ラーメンなんてないぞ!?」

亜由美がミスをし、繭が大ボケをかまし、健治や咲夜が必死にフォローする――そんなシーンが、10分と間を置かずに続出した。

「おい、倫！　ちょっとは、お前も手伝え！」

「お願いしますよ、マネージャーっ！」

たまらずふたりは、更衣室――休憩室も兼ねている――に待機していた倫に声をかける。

返ってきた答えは――、

「ウチは裏方専門や。ウチみたいなブサイクが店に出ても、客どもがヒクだけやろーが」

「そ、そんな、マネ～ジャ～……」

「表を見てみぃ。亜由美や繭がヘマしまくっても、怒っとる客がひとりでもおるか？」

「えっ？」

言われて健治は、更衣室のドアの隙間《すきま》から、店内の様子を再確認した。

——ふたりの新米ウェイトレスは、相変わらず細かなミスを繰り返している。

しかし、店内に不満の声や怒号は、確かに聞こえてこない。

「そんなに謝らなくてもいいよ、亜由美ちゃん。ミスは誰《だれ》にだってあるさ」

「あれ？　僕はアイスティー頼んだんだけど……まあいいや。後でまた、キミが注文取りに来てね、繭ちゃん」

客たちは怒る様子もなく、制服の胸に付いている名札を、猫撫で声で読み上げていた。

「……ホントに、怒ってませんね」

「気のせいか、客の鼻の下が伸びきってるような気がするんだが……」

「せやろ？　当然やな、〝Milkyway〟のコンセプトからすれば！」

健治と咲夜の背後で、倫は得意気であった。

「この店の売りは、カワイイ女の子のウェイトレス姿なんや。客もみんな、ウェイトレスを眺めとうて、この店に来とる」

「はぁ……」

「せやから、ウェイトレスのミスかて、客にしてみりゃ格好のコミュニケーションのキッカケっちゅーこっちゃ！」

「……そーゆーモンなんですか、店長？」

「オレに訊《き》くなよ」

「ほれ、早《はよ》う店に戻らんと、あのコらだけやと何もさばけんで！」

上手《うま》く丸め込まれた思いを抱えつつ、更衣室を後にする健治と咲夜。

そんなふたりの視界に――いきなり店内に現れた、女性の姿が飛び込んでくる。

いかにも理知的な感じのスーツと、しゃれたデザインの眼鏡が、女性の大人《おとな》っぽさをさりげなく強調していた。

「あの、すみません、順番待ちの列は、すぐそばの公園が最後尾になっておりまして……」

声をかけようとして、健治は違和感に気付く。

(あれ？　この女性《ヒト》、確かどこかで会ったことがあるような……)

「……クスッ、私が分かりませんか？」

女性が微笑《ほほえ》みながら眼鏡をはずした途端、健治の口から驚きの声が漏れた。

「…………あっれぇ？　あなた、さゆらさん!?」

「普段は、眼鏡をかけてるんですよ。さすがに、コスプレの時ははずしますけどね」

「へぇー、眼鏡ひとつで、雰囲気《ふんいき》が全然変わるモンなんだなー」

腕組みしながら感心する健治。

ふと彼は、店内が微妙にざわめきだしたことに気付いた。

「……オイ、あれ、花梨さんだよなぁ？」

「本物だ！　花梨さんがここのウェイトレスになるってウワサ、本当だったんだ！」

「ううう っ、会社休んでまで行列に並んだ甲斐《かい》があったよ〜」

どうやら、花梨――さゆら目当ての客が、かなり入っているようだ。

「ひえ〜……さゆらさん、人気あるんだねー……」

「何だか、ちょっと照れますね……では、さっそく制服に着替えて店に出ます」

「うん、頼むよ」

健治が更衣室の入口までさゆらを見送ったところで、入れ違いに倫が出てきた。

「おー、待っとったで、花梨《さゆら》」

「すみません、遅くなりまして」

「エエから、エエから。それより、ここでバイトする時は、眼鏡ハメたままで頼むわ」

「いいんですか？　いつものコスプレ用に、コンタクトレンズも用意したんですが……」

「眼鏡っ娘《コ》の需要が高いンは、アンタもよう知っとるやろ？」

「それはそうですけど……分かりました。先生のおっしゃることですから」

さゆらは軽くうなずいて、ドアの向こうに消えていく。

倫は間髪入れずに、健治に相談を持ちかけた。

「ところで、1枚500円でエエ？」

「1枚500円って……何が？」

「決まっとるやないの、〝ポラ・サービス〟の値段や」

「『決まっとる』って言われても、初めて聞く単語なんだが……」

「インスタント・カメラを客に貸し出して、写真を撮《と》らせるんや。カメラやデジカメの持ち込みを禁止せなアカンことを考えると、どうしても必要なサービスやと思うんやけど」

「……写真1枚で、コーヒー並の値段取るのかよ⁉」

健治には、とても理解できない値段設定。

しかし、倫は平然としている。

「〝たったコーヒー1杯分で〟言うてほしーなー。まあ、試しにやってみ。カメラはもう用意しといたから」

──再び更衣室へ戻る倫の後ろ姿を見ながら、健治は難しい顔をして呟《つぶや》いた。

「もはや、喫茶店の商売じゃねえなー。そもそも、〝ポラ・サービス〟なんて、利用する客はいるのかなー……ん？」

ふと、人の気配に振り向くと、いつの間にか客が数人、カウンターにやってきていた。

「あのー……今話してた〝ポラ・サービス〟って、もうやってるんですか？」

「1万円出したら、2、3枚おまけしてくれませんか……？」

「…………」

ここに来る客は、オレと経済観念が違う──健治は無理矢理、自らに言い聞かせた。

さゆらが出勤したことで、混乱を続けていた店内に、秩序が戻り始めた。

彼女が眼鏡っ娘《コ》だから、というワケではない。亜由美や繭と同様のウェイトレス未経験とはいえ、もともと社会人なので、ふたりに比べて明らかに手際がいいのだ。

咲夜ほどスムーズではないが、それでも落ち着いて注文を取り、料理をテーブルに運び、空いた食器を片付けていく。

「アイスコーヒーとアイスカフェラテ、レモネードがおひとつずつ、プリンアラモードが3つですね……はい？　アイスカフェラテはミルクを多めに……ですね？　かしこまりました、少々お待ちください……店長、オーダー入ります」

「うわあ、ホンモノのウェイトレスみたいだぁ」

「店長～……一応みんな、ホンモノなんですってばぁ」

「ごめんね、お兄ちゃん。あゆ、お兄ちゃんの足を引っ張ってるのかなあ……」

「ばっ、馬鹿《ばか》なコトを言うな！　あゆだって頑張《がんば》ってくれてるじゃないか！」

「てんちょ～、レジってどうやって使うんですかぁ？」

「ま……繭ちゃん……」

――そんなやりとりを繰り広げている間にも、店内の客は次々に入れ替わる。

健治やウェイトレスは、休む間もなく働き続けた。

不慣れで手際が悪い分、全員が努力と根性でカバーした。

やがて、日が沈み、空に星が瞬《またた》き始め——そして、午後9時。


「……580円のお返しとなります。ご来店、ありがとうございました」

咲夜が最後の客を帰し、レジをゆっくりと閉じた。

〝Milkyway〟開店初日、営業終了。

「……みんな、お疲れさま〜」

呟くように声を上げながら、健治はカウンターにグッタリと突っ伏した。

「まさか……こんっなに疲れるとは思わなかった〜……」

「店長サマがたった1日でナニへこたれとんねん？　ズブのシロートやあるまいし」

「店長としては、ズブのシロートなんだよっ……」

言い返す口調にも力がない。〝店長〟は、想像以上に気疲れする仕事だったようだ。

「それにしても、初日からお客さんがあんなに殺到するなんて、スゴイですね」と、さゆら。

「結局、公園の行列も、閉店時間までなくなりませんでしたし……」

「ウチがマネージメントしとるんやで？　宣伝期間も短かったし、今日はこんなモンやろ」

ただひとり、更衣室に引っ込みっぱなしだった倫は、元気なモノである。

その一方で、何故《なぜ》かベソをかいている者もいる。

「ううう〜……よかったですぅ、これならお店が潰《つぶ》れなくてすみそうです〜っ」

「……新装開店初日から、そーゆー縁起でもないコトは、言いっこなしにしよーぜ？」

「でも、でも〜っ」

咲夜は延々と泣きじゃくり、繭に「よしよし」と頭を撫でられていた。

その様子に脱力感を覚えつつも、新生〝Milkyway〟の開店初日が無事終了したことに、ホッと胸を撫で下ろす健治。

だが——彼のささやかな安堵感《あんどかん》は、倫の一言で吹き飛んだ。

「ほな、今日のところはみんなお疲れサン。また、あさっての月曜日、よろしく頼むで」

「……はあっ⁉」

健治の声が、思わず裏返る。

「お、お前、ナンセンスにも程があるぞ！　喫茶店が日曜日に休んで、どーすんだよ⁉」

しかし、倫は正論をぶつけられても、まるで動じない。

「そやかて、今日は慣れないウェイトレスの仕事で、みんな疲れとるやろ？　初日の後くらいはいったん休まんと、身体《からだ》が保《も》たへんで？」

「ん……まあ、咲夜ちゃん以外は、未経験者だからなぁ……」

「そ、そこで納得したらダメですよ、店長ぉ～！」

言いくるめられそうになる健治に、咲夜は世にも情けない顔で食ってかかる。

「どこの世界に、お客さまより従業員の都合を優先する接客業があるんですかぁ⁉」

「あっ……そりゃそーだな」

「それよりもマネージャー、まさかとは思うんですけど……日曜日を定休日にするなんてコトは、言いませんよねぇ～？」

彼女は返す刀で、倫を不安げな眼差《まなざ》しで見つめる。

倫は、笑って首を振った。

「ソなコト、するワケないやん」

「よ、よかった……明日だけ特別で、定休日はちゃんと別の日にするんですよねぇ？」

「んーにゃ。休日は、前の日にウチの一存で決める！」

「…………」

一同が唖然《あぜん》とする中、咲夜のベソ声だけが、真新しい内装の店内に響き渡った。

「……ム、ムチャクチャですぅ～っ！　やっぱりこのお店、潰れちゃいますぅ～っ！」

# 第3章　ホントに順風満帆？　新しい店には問題が山積み

――〝Ｍｉｌｋｙｗａｙ〟の開店から、１週間が過ぎた。

開店初日以来、客足は鈍る気配すら見せない。

美人コスプレイヤー・花梨と人気コスプレデザイナー・ヤマモト花子――さゆらと倫の名前は、その筋ではかなり有名らしい。店は常に、さゆらの艶姿《あですがた》と倫のデザインした制服が目当てのマニア客でごった返していた。

彼らの大半はさらに、他のウェイトレスの中にも自らの贔屓《ひいき》を作り、彼女たちの姿を愛《め》でるために常連客《リピーター》となる。

そして、彼ら常連客の口コミで、さらに多数の新規客が店を訪れ――と、こと集客面においては、〝Ｍｉｌｋｙｗａｙ〟は理想的な好循環の真っ只中《まただなか》にあったのだ。

「いやあ……まさか、倫のアイデアが、ここまで大当たりするとはなぁ……」

「持つべきモノは、ウチみたいなアイデアマンの親友《ダチ》っちゅーこっちゃな♪」

倫の自画自賛に、ケチをつける気にもならない。

ずっと満席の店内を眺めては、半ばあきれ、半ば感心して首を振る健治であった。

――しかし、〝好事魔多し〟というほどのモノではないが、順調なスタートを切った新生〝Ｍｉｌｋｙｗａｙ〟にも、問題は決して少なくなかった。

例えば――ウェイトレスの資質の問題。

「おい、繭ちゃん！」

「…………むにゃ？」

「イヤ、『むにゃ』じゃなくてさ。仕事中に居眠りするのは、やめよーよ」

「はぁい、すいませ～ん」

（……ホントに分かってんのかな、このコ？）

「こら、健治。あんまりまゆぽんをいぢめたらアカンで」

「誰《だれ》もいぢめてないっちゅーに」

「アンタが無茶言うからや。こー見えても、まゆぽんはここ何日か、夜中もまともに寝とらへんのやで？」

「寝てないの、繭ちゃん？」

「はい、昨夜も徹夜だったんですぅ」

「……ああ、晶やあゆも、もうすぐ期末テストだって騒いでたなぁ。試験勉強での夜更かしじゃあ、あまり怒るワケにもいかないかな……」

「せやから、夏イベント合わせのオフセット本の原稿が上がるまでは、多少の居眠りは大目に見たってーな」

「……勉強じゃなくて、同人誌のエロ漫画《まんが》なのかよ!?」

——繭は、なかなか戦力になってくれなかった。

決して不真面目《ふまじめ》なわけではないのだが、動作のテンポが緩慢な上に、油断しているとすぐに居眠りをしてしまうのだ。

「あのコにももう少し、仕事をキチンと覚えてもらわないと困るんだけどなぁ……」

折を見ては何度か訴えるものの、倫は、

「まゆぽんひとりで、何人常連客《リピーター》抱えとる思とんねん？　まゆぽんは、おるだけで店を稼《かせ》がせてくれるコなんやから、まるっきりノー・プロブレムや！」

と、まるで取り合おうとしない。

「別に、クビにしろなんて言わんが……お前、ちょっと繭ちゃんに甘過ぎないか？」

「……何やアンタ、ウチのやり方にケチつけるんか？　店のマネージメントは、ウチの担当やなかったんか？」

「ケチはつけてないだろーが……まったく、そこまで極端に甘やかすと、まるでレズに見えてくるな……」

「ゲスの勘繰りしとる場合かぁっ!!（バキィ）」

「ゴフッ！　……い、いきなりボディブローを打ってくるんじゃない……」

——といった感じで、しばらくは繭に、ウェイトレスとしての一人前の働きを期待することは難しそうだった。

（まあ、繭ちゃんのニコニコ顔は、確かに客からも好評だし……その部分を〝戦力〟と考えるしかないな……）

今まで、咲夜以外のウェイトレスに指示を出したことのない健治としては、そう納得するのにも少なからぬ努力を要したのだった。

――例えば、店を訪れた客の質の問題。

幸い、大きなトラブルはないが、〝トラブル未満〟のもめ事は決して少なくなかった。

もともと〝Ｍｉｌｋｙｗａｙ〟の客は、コーヒーや休憩の場所ではなく、ウェイトレスや制服を目当てにやって来る。ウェイトレス絡みのもめ事が不可避であることは、倫からも言い含められていた。

『ここはあくまで喫茶店《きっさてん》や。お水《ミズ》の店でもフーゾクでもあらへん。相手が客でも、そこら辺の線引きはキッチリ徹底させなアカンで』

開店当初は、彼女の言葉を聞いてもいまいちピンとこなかった健治だが、理解できるようになるまで、さほどの時間はかからなかった。

〝僕の隣に座って、少しお話でもしようよー。ウェイトレスの仕事？　いいじゃん、そんなの。他にも、女の子はいるでしょ？〟

〝ポラ・サービスの倍額払うから、亜由美ちゃんをデジカメで撮《と》らせてよ……大丈夫だって。僕が、デジカメで撮ったデータをネットで流すような男に見える？〟

〝ねー、来週の土日って、ヒマ？　よかったら、俺《おれ》とドライブに行かない？　夜景のとってもキレイな所を知ってるんだ……え、未成年だって？　大丈夫、誰にもバレないって〟

〝この老いぼれ、生涯最後のお願いですじゃ！　どうか、ワシを罵《のの》しりながら、真っ赤なハイヒールでこの老体を踏んでくだされぃ！　辱《はずかし》めを与えて戴《いただ》かなくば、ワシは死んでも死に切れませんわい！〟

――最後の例はやや特殊だったが、日に数人は、このような無理難題を持ちかける客が現れるのだ。健治はその都度、客をなだめたり、場合によっては鄭重《ていちょう》に店から叩《たた》き出したりと、対応に苦慮していた。

「あーもう！　アイツら、日本語通じねーっ！」

健治が解決後に何度、更衣室で愚痴《ぐち》をこぼしたことか。

それでも、ウェイトレスを守るためには、客との対話を根気よく続けていくしかないのである。

「それが、店長の務めっちゅーヤツやね」とは、倫の弁。無責任に聞こえるのは、客の苦情の矢面に立つ健治のヒガミか。

――健治個人に限って言えば、ほぼ毎日店を訪れる、〝特殊な〟客の問題もある。

今日もさっそく、その問題は発生した。

「あのお、店長……ちょっとよろしいですか？」

――更衣室で休憩中だった健治に、さゆらがおずおずと声をかけてくる。

「……どーしたんだよ、いかにも話を切り出しにくそうな顔なんかして？」

「実際、切り出しやすくはないのですが……」

彼女は困惑混じりの苦笑を浮かべながら、やむなく用件を伝えた。

「……店長を直々にご指名のお客さまが、いらっしゃるんです」

「オレを？　……その客って、女の子か？　美人か!?」

「えっ？　え、ええ、まあ……」

「なんだよ、しようがねえなあ。ホントはもうそろそろ、カウンターに入らなきゃいけないのに……まあ、お客さまが、イイ男に注文を受けて欲しいってんなら、仕方ねーか」

ブツブツ言いながら――もちろん、顔はニヤけていたが――健治はイソイソと、客の待つ屋外テラスへ向かった。

その軽い足取りが――店外に出た途端、ピタリと止まった。

後をついてきたさゆらを、横目で恨めしそうに一瞥《いちべつ》する。

「……ひどいや、さゆらサン。これはないんじゃないの？」

「で、でも、ウソは言ってませんけど……」

「そーかもしんないけどさぁ……」

今度は、逆方向に視線を走らせる。

何組か用意しているうち、一番奥のテーブルには――よく見かける少女の姿があった。

「……オレを指名したのが千尋だって、どーして最初に言ってくんないんだよぉ？」

「そう言われましても……私がお伝えしていたら、何かなさるおつもりだったんですか？」

「もちろん！　帰るまで、居留守を使う！」

「……無理なんじゃないでしょうか？　何しろ、あのご様子ですし……」

言いながらさゆらも、千尋の様子をチラリと見る。

千尋は、出されたお冷やに口をつけようともせず、頬杖《ほおづえ》をついたままジッとしていた。

何やら、どす黒いオーラのようなモノが立ちこめているように見えたのは、健治とさゆらの目の錯覚だったのだろうか。

「……居留守がバレたら、かえって大変なことになるんじゃないでしょうか？」

「そ、そう……かなぁ？」

心なしか、顔が引きつる健治だった。

「あ、あの……私、雑用がありますので……失礼しますっ」

「えっ？　ちょ、ちょっと、さゆらサン？」

いつも沈着冷静なはずのさゆらが、明らかに腰がひけた様子で店内に戻っていく。

「……ずるいよ、さゆらサン。オレだけ置いてかなくてもいいのに……」

正直、自らもこの場を離れたい健治だったが、そうも言っていられない。

（ビビるな！　ヤツはあくまで、単なる客だ！）

彼は自分に言い聞かせながら、千尋のテーブルに近付いた。

「……注文は何だ？」

「アラ。ここの店は、注文の取り方がなってないわねぇ」

（ウッ……）

いきなり怯《ひる》む健治。

千尋の第一声は、全《すべ》ての音節が刺々《とげとげ》しかった。

「こんなに足繁《あししげ》く来てあげてる常連客に、そのぞんざいな扱いはないんじゃないのぉ？」

「し、失礼しました……お客さま、ご注文はお決まりになりましたでしょうか？」

「やめてよっ！　アンタの敬語なんか、聞いただけで虫酸が走りそうだわ」

（……じゃあ、どーしろってんだよぉ!?）

やや絶望的な気持ちになって、健治は思わず天を仰《あお》いだ。

「だいたい、何よ。こんな、女の子で客を釣るようなセコイ商売しちゃってさ。やってて、恥ずかしいと思わないのかしら……ちょっと、聞いてるの⁉」

「あー、聞いてるよ。それより、注文は何にするんだよ？」

注文を受けるまでの辛抱だ——自分の忍耐力の限界を、必死に試す健治。

彼の心中を知ってか知らずか、千尋から返ってきた言葉は——、

「それより、これ見てよ！　軽く指先でテーブルをなぞっただけで、こんなにホコリが付いてくるのよ⁉　テーブルの拭《ふ》き方がなってないわ。アンタたち、客商売ナメてない？」

(おっ……お前は、嫁イビリが趣味の姑《しゅうと》かぁ⁉)

——このような調子で、千尋は来店するたびに、延々と健治にカランでくるのだ。

健治の主観では、ほとんど営業妨害なのだが——他のウェイトレスには比較的〝無害〟なこともあり、出入り禁止にするのもためらわれる。

結果として、彼は毎回千尋に難癖《なんくせ》をつけられ続けているのである。

「……他のお客さまも待たせてるんだよ！　いい加減、何を注文するか決めてくれ！」

「最初から決まってるわよ！　いつものコーヒーとチーズケーキ！　常連の頼むモノくらい、覚えときなさいよ！」

(コ、コイツ……最初から持ってきたら、絶対文句つけるクセに！)

頭の中で、千尋に繰り返し罵詈雑言《ばりぞうごん》を浴びせながらも、健治は手際よくコーヒーを淹《い》れ、チーズケーキを切り分ける。

（アレで客じゃなかったら、コーヒーの中にタバスコ死ぬほど混ぜて、火ぃ吹かしてやるところなんだが……！）

できもしないコトを想像しつつ、コーヒーとチーズケーキを載せたトレイを、テラスへと運んでいく。

「……別に、お父様は関係ないじゃない」

——不意に、千尋の声が聞こえてきた。

「悠《はるか》さんには悪いけど、そういうスパイみたいなコトはやめてくれないかしら。それに、本職と関係ないことで、アナタがお父様のワガママに付き合わされる義務はないのよ？」

（はるか、さん……？　誰だ、それ？）

独り言ではなさそうだ。誰と話しているのか、健治は遠目から確認した。

「でも、社長は千尋さんのことを心配なさってますよ。『まだ、例の喫茶店の息子と付き合ってるのか』って」

仕立ての良さそうなスーツを着た女性が、千尋に向かって気遣わしげに訴えていた。

さゆらよりもさらに年上だろうか。全身から、知性と大人《おとな》の色気がにじみ出ている。

悠と呼ばれたその女性に対して、千尋はいかにも心外そうに眉《まゆ》をひそめた。

「勘違いにも程があるわ！　健治とアタシはもう何の関係もないんだから！」

「では何故《なぜ》、このお店がリニューアルしてから、足繁く通うようになったのですか？」

「そ、それは…………ナニ、ヒトの会話を立ち聞きしてんのよ、健治!?」

「ええっ!?」

いきなり矛先《ほこさき》が自分の方に向いて、健治は軽く慌てる。

「ひ、人聞きの悪いコトを言うな！　お前の注文した品を持ってきたんだよ！」

「……でも、聞いてたんでしょ？」

「な、なんのコトだよ？」

「聞いてたのね！」

彼の言葉にまるで聞く耳を持たず、決めつける千尋——図星ではあったのだが。

「じゃあ、確認の必要はないわね!?　アンタとアタシはもう金輪際、恋人でも何でもない、まるっきり無関係な、赤の他人なんだからね！」

（……別れた時にも、おんなじやり取りを散々やったなぁ）

ボンヤリと思い出す健治の目の前で、千尋は憤然と立ち上がった。

「えっ？　お、お前、注文しておいて、食わずに帰るのかよ!?」

「もういらない！」

そして、そのままカフェテラスを後にする。

「……相変わらず、感情を抑《おさ》えるってコトを知らないヤツだなぁ……」

茫然《ぼうぜん》と見送る健治の耳に、ふと大人の女性の声が届いた。

「申し訳ございません。お代金は、私が支払わせていただきますから」

「と、とんでもない！　代金はまた今度、アイツに払わせますから。悠さんに立て替えていただくつもりはありませんよ」

「……何故、私の名前をご存じなんですか？」

「え？　いや……さっきの会話、実は聞こえちゃってまして……」

「アラ……じゃあ、これは必要ないかも知れませんね」

悠は微笑《ほほえ》みながら、名刺を健治に渡した。

「千尋さんの所のファミレスチェーンの、社長秘書を務めております」

「……ん？　でも、公認会計士とか何とか、いろいろと肩書きが並んでるけど……」

「実際には、ファミレスチェーンのスーパーバイザー契約を結んでいますので。普段は、一番説明の楽な秘書として、自己紹介させていただいております」

「なるほど。ええっと、名刺とかはないけど、オレは……」

「ここの店長の、七瀬健治クン、ですね？　お噂《うわさ》は、千尋さんからうかがっておりますよ」

「……あることないこと、吹き込まれてそうだな」

「女性関係にルーズな方だそうで。真相は存じ上げませんが」

「あンの野郎……」

「フフッ……でも、彼女のお父様が心配なさるのも、仕方ないかも知れませんね」

「どうして？」

「千尋さんはまだ、貴方《あなた》に好意を持ち続けているようにも見えますもの……あくまで、私個人の主観ですけど」

「は、はぁ………」

返事のしにくい悠の言葉に、健治は顔をぎこちなく引きつらせる。

「と、とりあえず、今日のところはお代は結構ですから、千尋に会ったら『食い逃げ女』と呼んでやってください」

「恐らく、そう呼ぶのは無理だとは思いますが……」

悠は軽く苦笑すると、やや表情を引き締めて言った。

「代わりに一言……せめてもうふたり、お店にウェイトレスを増やすべきです」

「おおっ……!?」

不意に飛び出した〝助言のプロ〟の言葉に、健治は目を丸くする。

「現時点でも、勤務シフトはまともに組めていないのでは？　ただでさえ、これほどの数のお客さまをさばき切れていない状態です。誰かひとりでも抜けてしまうと、とても穴は埋められないと思われますが……」

「なるほど……やっぱりそうですか……」

そう——〝Milkyway〟が抱える最大の問題——〝時限爆弾〟と言ってもいい——それは、誰の目にも明らかな、人手不足だった。

ウェイトレスが咲夜・亜由美・さゆら・繭の4人しかいない状況が続く限り、〝全員出勤か、店を休業するか〟という極端な経営体制が改められることはない。

『お願いだから、ウェイトレスを増やしてくれ！』

健治が何度となく懇願しても、倫は、

『来月には新人ウェイトレス・オーディションを開く予定やから、それまでの辛抱や』

と、全く取り合ってくれない。最低でも、今いる4人に匹敵するルックスの持ち主でないと、採用する気がないのだ。

「……今、ここで申し上げたコトは、千尋さんには内緒にしておいてくださいね。契約違反かも知れませんので……」

店を去る悠の後ろ姿を見送りながら、健治はそっとため息をついた。

『もちろん、オーディションをやる前に、カワイイ女の子がバイト志望で来たら、ウチは大喜びで採用するで』

（……なんて、倫は調子のいいコト言ってたけど……期待薄なんだろうなぁ）

店長の悩みは深い。


「お兄ちゃーん、お客さんが呼んでるよー」

翌日──亜由美の声に、健治はカウンターの中で、ビクリと身をすくませた。

「お、お客さん……？　千尋じゃないだろーな？」

「今日は違うよぉ。千尋さんだったら、そう言うってば」

露骨《ろこつ》なまでの警戒ぶりに、亜由美は苦笑いを浮かべる。

「女の子だよ。あゆや晶ちゃんより年下かも」

「な、ならいいんだが。でもオレ、子守りは苦手だし……ロリコンじゃないし……」

「……お兄ちゃん？」

「いっ、いやいやいやいやいやいや、何でもないっ！」

健治は、亜由美の視線から逃げるようにして、指し示されたテーブルに向かった。

──確かに、そこにいたのは亜由美たちより年下らしき少女であった。

「んん～～～～～～～～っ♪」

テーブルに置かれていたのは、店の新装開店に合わせて開発した新メニュー、その名も〝Ｍｉｌｋｙパフェ〟。イチゴをふんだんに使った盛りつけは、なかなか好評であった。

少女はイチゴを口に放り込み、いかにも美味《おい》しそうに表情を緩ませていた。

淡い色の長髪の一部を、ゴムで根元からくくっている様が、少女の子供らしい可愛《かわい》さを引き立てている。一見、わざわざ健治を呼び出すような用事はなさそうに見えるが――。

ふと、少女は健治の視線に感付く。

「……貴方が、このパフェを作ったんですの？」

「そうだけど……お嬢《じょう》ちゃん、オレに何か用かい？」

気のいいお兄さんを装って、言葉をかける健治。

返ってきたのは――意外な抗議だった。

「……お客に向かって、その口調はいただけませんわね」

「へっ？」

少女は、形のいい眉をひそめて、意表を突かれた顔の健治をにらみつける。

「この店の店員は、まともな言葉遣いもできませんの？　敬語表現は、接客業に最も必要なマナーのひとつですわよ？」

（……なんかまた、ずいぶんと屁理屈《へりくつ》をこねるコだなあ）

健治は内心で鼻白む。

（まあ、こういう手合いはバカ丁寧に応対してやりゃあ、たいてい機嫌も治るしな）

「申し訳ございませんでした。私に、どのようなご用件でしょうか？」

彼が尋ね直すと、少女は再び表情をほころばせた。

「改めてお尋ねしますけど、このパフェは貴方がお作りになったんですの？」

「はい、左様ですが……」

「素晴らしい出来映えですわ！」

「は？」

「ワタクシ、これほど美味なパフェを食べたことがございませんの。それに、ワタクシの大好物のイチゴが、こんなにたくさん……！　本当に、美味しゅうございましたわ」

「はぁ、ありがとうございます……」

抗議の次は絶賛。少女の態度の変わりっぷりに、健治は戸惑いを隠しきれない。

(てゆーか……この小娘、これだけのためにオレを呼んだのか⁉)

「それに店構えも、以前からは想像もつかないほど、浮わついた感じになりましたわね」

「は、はぁ……」

「制服も可愛らしいですわぁ……アレなら、ワタクシにも似合うと思いませんこと？」

(……似合うコトは似合うけど……ママゴト遊びの人形みたいな感じになりそーだな)

失礼な想像図を思い浮かべる健治。

「お客さまくらいカワイイ方でしたら、ウチの店員以上にお似合いになるでしょうね」

彼の見え透いたおべっかを聞くと、少女は数秒間黙り込んで、何やら考え事をする。

少女の思索の結論は——健治の意表を突くものであった。

「……決めましたわ！」

「はい？」

「ワタクシ、この喫茶店のウェイトレスになってさしあげましてよ♪」

「ハッハッハ、そうしていただけるとウチも大助かり………って、えぇっ⁉」

適当に会話を流そうとしていた分、健治はかえって本気で驚いてしまった。

口をあんぐりと開けた様を見て、少女は顔をしかめる。

「……何ですの、その反応は？　ワタクシでは、役不足とでもおっしゃるの？」

「い、いえ、そーゆーワケじゃないんですけど……お客さまの年齢では、バイトとかはできないんじゃないかと……」

慌てて取《と》り繕《つくろ》う健治に、彼女は取り繕いようもない事実を突きつける。

「失礼ですわね！　ワタクシ、恐らく貴方よりも年上ですわよ！」

「……えええっ⁉　そんなまさか……」

「こんなコトもあろうかと、バイト面接用の履歴書を持ち歩いておりましてよ！」

健治の目の前に、おもむろに履歴書が提出される。

東条恋水《とうじょうれみ》——彼女の名前のすぐ横に書かれている年齢に、彼はさらに仰天した。

「うっわ、ホントかよ……オレや倫より1コ上だ……！」

少女——もとい、〃お姉さん〃の恋水は、鷹揚《おうよう》に笑うのだった。

「ホホホホッ。まぁ、ガキの早とちりくらいは、勘弁してあげましてよ♪」

「はぁ……」

その言動のひとつひとつに、健治は漠然とした不安を掻《か》き立てられる。

とはいえ、恋水のルックスに問題があるとは思えなかった。

もともと、ウェイトレスの頭数は早急に増やしたかったこともあり、少なくとも健治自身に、彼女を門前払いする気はなかった。

そこで彼は閉店後、履歴書を更衣室のテーブルに広げ、みんなに意見を募った。

「んー……特に、問題ないんじゃないでしょうか」

「お兄ちゃんがオーケーなら、あゆもオーケーだよ」

「…………わたしは…………いいと、思います…………」

さゆらや亜由美、（私服に着替えたため元のオドオドキャラに戻ってしまった）繭は、総じて肯定的《こうていてき》だった。

ただひとり、恋水の採用に積極的でなかったのは——咲夜。

「店長、彼女に見覚えはないんですか？」

「えっ？　別に、ないけど？」

「あのヒト……お向かいのファミレスのウェイトレスさんですよ？」

「……千尋のトコの？　うそぉ!?」

「あちらのウェイトレスの制服姿で、窓拭きとかやってるところ、時々見かけますよ」

彼女はやや不安げに呟《つぶや》いた。

「この恋水さんってヒト自体に問題があるとは思いませんけど……後々、お向かいさんとのトラブルのきっかけになったりはしないでしょうか？」

「……むぅ。ただでさえ、千尋とモメっぱなしなだけになぁ……」

健治が腕組みをしてうなっているところへ、倫が更衣室にやってきた。

「咲夜も心配性やねえ」

「そ、そうですか……？」

「倫はどう思う？」

「どーもこーも……別にエエんとちゃう？　トラブル言うても、千尋がギャーギャー騒ぐだけやろし。何より、ウチの制服も映えそうな、カワイイ顔しとるやん」

「まあ、お前がいいって言うなら、特に採用を断る理由もないだろうが……」

「……ちゅーか、もう恋水に採用決定の連絡もしてきたで」

「い、いくら何でも、オレの頭越しに人事を決定するなよ～！」

「細かいコトいちいち気にしとると、早《はよ》うに頭禿げるで」

「やかましい！」

こうして、〝Ｍｉｌｋｙｗａｙ〟５人目のウェイトレスが（半ばなし崩し的に）誕生することになった。

「まあ、彼女の教育係は当面、咲夜ちゃんにやってもらおう」

「ええ～っ！　私がですかぁ～っ⁉」

「そんなに驚かなくても……ウェイトレス経験者はキミひとりなんだから、当然じゃん」

「そ、それはそうなんですけど……何だか、苦手なんですよね、彼女。さっき話した窓拭きの時も、私に向かってスッゴイ恐《こわ》い目《め》をするんですよぉ」

（……そんなコトでビビってどーする？）

と思わないでもなかったが、口に出したところで多分埒《らち》があかないので、健治は別の一言で咲夜の不平を退けた。

「……好かれてんだよ、きっと」

「そ、そんなぁ、ズルイですよ店長～っ！　教育係なら店長にだってできるのに、自分がイヤなモンだから私に押しつけて～……」

「だから日頃《ひごろ》から言ってんだろ？　オレは子守りが苦手だって」

「彼女、店長よりも年上じゃないですかぁ～っ！」

――何はともあれ、今までの人手不足は、幾分緩和されることになりそうだ。
だが、恋水の採用が正しい判断だったのかどうかは、現時点では全く分かりかねた。

# 第4章　イチゴ魔人!?　新人バイトはいぢめっ娘

「ワタクシのことは気軽に〝レミー〟って呼んで頂戴《ちょうだい》♪」

「…………」

翌日の開店前——皆との初顔合わせでの第一声が、これだった。

「そんなワケやから、仲良うやってや」

「よろしくね、レミ〜」

全く動じなかったのは倫と繭くらいで、健治を含む他のメンバーは、驚きや不安の色を隠せなかった。

中でも咲夜は、

「ま……まあ、今日からよろしくね、恋水さん」

「〝レミー〟ですわっ！」

「はっ、はいぃぃいっ！」

——と、いきなり恋水のペースに飲まれている。

(そ、それでも経験者ではあることだし、すぐに店の戦力にはなってくれるだろう)

健治はそう考えていた——あるいは祈っていた。

しかし、開店してまもなく、彼は現実を思い知らされる。

「けーんじ♪」

「てっ……店長って呼べ！」

「ホホホホホッ、そんなに照れることはありませんわ。年下なんですし、可愛《かわい》く返事していればオーケーですわよ♪」

「店的にNGだっちゅーの！　第一、ガキに年下呼ばわりされてたまるかっ」

「だっ、誰《だれ》がガキなのよっ!?」

「ンなこた、どーでもいいから、さっさと仕事してこいっ！」

「フン！　ワタクシに指図なんて、一千年早いですわ！」

「……恋水さぁ～ん！　早く、お客さまのご案内してくださいよぉ～っ」

「うるさいわね、咲夜！　そんなコトくらい、バイトの貴女《あなた》がやればいいでしょ！」

「ひ、ひえぇぇぇ～っ」

「さて、ワタクシは店の見回りでも始めますわね」

——悠然と見回りを始める恋水の後ろ姿を、健治はただ茫然《ぼうぜん》と見送るだけ。あっけに取られて、注意のひとつもできなかった。

「てんちょぉ～、恋水さんってバイトじゃないんですかぁ～？」

「オレもそう思って採用したつもりなんだけど……アイツの態度はオーナー並だな……」

「ふぇぇぇぇぇん……下手《へた》すると、前よりも忙しいですよぉ～っ」

咲夜の悲鳴も、むべなるかな。

恋水のバイト経験は、悪い方向にしか役立っていなかった。

本当に人手が足りなくなると、真面目《まじめ》に作業をするのだが——そうでないと、極力怠《なま》けようとするのだ。どんな時でも前触れなく居眠りしたりする繭よりは〝怠け時〟をわきまえているようだが、確信犯であるだけ、よりタチが悪いともいえる。

「いやぁ〜っ、久々の労働は、疲れますわぁ〜♪」

（……あんまし労働してねえじゃねーか）

「それでは、また明日。皆様、ごきげんよう」

閉店後、足取りも軽く帰途につく新人バイト。

健治にとっては、早くも頭の痛い存在になりそうであった。

「なあ、倫。恋水には、もう少しちゃんとバイト教育した方がよくねえか？」

「エエねんエエねん、アレくらいで。恋水はこの店の〝切り札《ジョーカー》〟や。店がピンチにでもならん限り、切り札を無駄遣《むだづか》いするコトはあらへん」

相も変わらず、倫はウェイトレスの勤務姿勢に関してほとんど無頓着《むとんちゃく》である。

「客の反応もよさそうやし、固定ファンが作れるようやったら、ウチは何も言わん」

（……咲夜ちゃん、可哀想《かわいそう》に……）

つい、他人事《ひとごと》のように哀れむ健治。

（それにしても、初日からこれでは、先が思いやられるな……）

そして、恋水の今後に、漠然と不安を掻《か》き立てられる。

不安は——杞憂《きゆう》ではなかった。


——翌日。

「てっ、てんちょお〜〜〜〜っ！」

「うわっ!?　な、何だよ咲夜ちゃん、血相変えて？」

「恋水さんが、れみさんがぁぁぁっ！」

「お、おい、落ち着きなって！」

入ったばかりの更衣室を飛び出してきた咲夜は、見ている方が平静を失いそうになるほど、派手にオロオロしていた。

「また、恋水がサボってるのか？」

「さ、さぼってるってゆーか、何てゆーか……と、とにかく来てください〜っ！」

咲夜に手を引っ張られ、健治は強引に更衣室に連れて行かれる。

「そ、そんなに慌てるなってば！」

「でも、でも……ほら、見てください！」

「見てくださいって、何を見れば……って、どわぁっ⁉」

更衣室の奥で、健治が目撃したもの。

それは、床一面に散乱したビニールパックと——おびただしい数の、イチゴのへた。

そして、それらの中心に座り込み、無心にイチゴをむさぼり食う、少女の後ろ姿——。

「ああ……イチゴ、イチゴ、イチゴぉ〜っ……☆」

「あ、ああやって、うわごとみたいに呟《つぶや》きながら、イチゴをずっと食べてるんですぅ」

「なっ……何かに取り憑《と》《つ》かれてるんじゃないだろーな……？」

あまりにおっかなくて、そうおいそれと近付けたモノではない。

一瞥《いちべつ》すると、部屋に備え付けてある大型冷蔵庫のドアが、開けっ放しになっている。

今日仕入れたイチゴを入れておいた一画には、ゴッソリと大きな空白ができていた。

何が起こったのかは、一目瞭然《いちもくりょうぜん》である。

(さ、さすがに注意しないとな……)

健治は気を取り直すと、努めて厳しい口調で呼びかけた。

「オイ、恋水！」

ギロリッ！

「あう……ッ」

思わず怯《ひる》む、健治と咲夜。

恋水は、健治の口調の何倍も険しい眼光で、ふたりをにらみつけた。

「……何か、御用ですのぉ？」

「こ、こわいぞ、オイ……」

「そこで恐《こわ》がらないで、ちゃんと注意してくださいよ、店長ぉ〜」

咲夜に後ろから背中を押され、健治は眼前の少女に気圧《けお》されつつも説教を試みた。

「恋水、お前が食べてるソレ、何だか分かってるよな？」

「……ご覧の通り、イチゴですわよ？　コーモンさまのインローにでも見えまして？」

「い、いや、そーゆー意味で訊《き》いたんじゃなくて……」

「それとも健治は、イチゴもご存じないんですの？　これほどブルジョワでデリシャスなフルーツを⁉」

「し、知っとるわい！」

声を張り上げてはみるものの、すっかり恋水ペースである。

「そもそも、売り物に手をつけるなんて、非常識にも程があるだろ！」

「ケチケチなさるモノじゃございませんわ。それとも健治は、イチゴを食べたことがないものだから、ワタクシのことをひがんでらっしゃるのかしら？」

「だから、そーゆー問題じゃないってーの！　……あーあー、1パック残らず空けちまいやがって……今、Milkyパフェのオーダーとか入ったら、どーすんだよぉ!?」

「Milkyパフェが食べられないのでしたら、チョコレートパフェでも食べればよろしいのですわ」

「マ……マリー・アントワネットか、お前は……」

「……あーもう、いつまでもゴチャゴチャと騒々しいですわねえ！」

不意に、恋水が声を荒げた。

「イチゴが足りないのでしたら、仕入れ直せばよろしいのですわ！　10パックや20パック減ったくらいでまごつくなんて、経営者としての自覚が足りないんじゃありませんこと!?」

「そ、そんな、ムチャクチャですぅ～っ」

「お前のバイトとしての自覚は、どーなってんだよ……」

恋水の無体な逆ギレに、咲夜も健治も困惑を隠せない。

「それよりも、咲夜！」

「はひっ!?」

「何て卑劣な女なのかしら、貴女は！　告げ口をするような方だなんて、思ってもみませんでしたわっ！」

「つ、告げ口って、そんなぁ……」

「同じ労働者を資本家に売るだなんて……貴女みたいな〝反革命分子〟には、相応のオシオキが必要ですわねぇ……」

「お、お前、言ってることが過激な上に、支離滅裂だぞ」

「そんなコト言ったって、もとはと言えば恋水さんがイチゴを……」

「ワタクシのことは〝レミー〟とお呼びなさいと、何度言わせるおつもりなんですの⁉」

「ひ、ひぇぇ〜〜〜〜〜〜っ⁉」

もはや、どちらが怒られているのか分からない。

この時、健治は店長として、ある決断を下す。

「……と、とりあえず、オレがイチゴの仕入れをしとくから、この場はキミに任せた」

「え〜っ⁉　そ、そんな店長、逃げないでくださぁ〜い！」

「お待ちなさい、咲夜！　逃げようったって、そうはいきませんわよ‼」

「いやぁぁぁぁぁぁぁん！」

——健治は静かに、更衣室を後にした。

逃げたわけではない。

少なくとも、健治本人だけは、固くそう信じている。

「……どうしました、店長？　ずいぶん、疲れたお顔をしてますけど」

「さゆらサン……あとで、咲夜ちゃんをなぐさめてあげてね」

「？　はあ……」


(何とかしなきゃいけないんだろーが……)

恋水の傍若無人な振る舞いに、健治の悩みは深い。

(好き放題やらせ過ぎると、バイト全体の士気に関《かか》わるからな……特に、咲夜ちゃんの)

何が楽しいのか、恋水は隙《すき》あらば、咲夜をさまざまな形で困らせ続けた。

ある時は、レジで──。


「それでは、お会計は一七二五円になります」

「……小銭は面倒くさいですから、千円で結構ですわ」

「だ、駄目《だめ》ですよぉ！　お金の管理はしっかりして下さい」

「お黙りなさい！　少しくらいサービスして差し上げるのも、商売のウチですわ！」

「それにしたって、七二五円はサービスしすぎですよぉ！」

「フンッ、庶民は小銭ごときでみみっちいですわね」

「……うぇぇぇぇぇん、そんなの絶対オカシイですよぉ～っ」

ある時は、客のテーブルのそばで――。


「Ｍｉｌｋｙパフェふたつ、お待たせしまし……」

「イチゴ～♪」

「ひゃあっ⁉　れ、恋水さんっ、パフェの上に乗ってるイチゴ、つまみ食いしないで下さいよぉ！」

「ホホホホッ♪　落としたらいけませんから、食べて差し上げましたわ」

「そ、そんなムチャクチャなぁ～」

「ホラ、お客さまがお待ちですわよ！　早く、Ｍｉｌｋｙパフェをお運びなさい」

「……食べかけのパフェなんて、お出しできるワケないじゃないですかぁ～～っ」


ある時は、更衣室で――。


「そんなワケで、あさってから３連休やから、みんなヨロシクな」

「何が〝そんなワケ〟なんだよ、倫⁉」

「いきなり３連休はヒドイですよ、マネージャー！」

「そやかて、まゆぽんも亜由美もあさってから期末テストやし、学業優先ってコトで……」

「……ホントの理由は何だ？」

「イベントの準備や♪」

「お前なぁ～っ！」

「せやけど、期末テストの話はホンマやで？　バイトのせいで赤点なんて話になったら、健治も咲夜もバツが悪いやろ」

「そ、そりゃそーかもしれませんけど……」

「……アラ？　確か咲夜って、亜由美と同じ学校じゃありませんこと？　貴女に期末テストはありませんの？」

「…………キャアアアアアッ!!　忘れてましたぁ～～～っ！」

「ホホホホホッ、学生がテストの日程忘れるなんて、とんだお笑い種《ぐさ》ですわ！」

「店長、どーしましょぉ!?　私、受験生なのに……ふぇぇぇぇぇん」

「オ、オレにそこまでの責任は持てんぞっ」

――最後の例は咲夜の自業自得のようだが、とにかく〝恋水のいぢわるで咲夜がベソをかく〟というシーンは、一日に何度も見ることができた。

健治もその間、ただ手をこまねいていたわけではない。事態の改善を図るべく、話し合いの機会を設けた。

しかし――。

「お前なぁ……先輩後輩の〝縦の関係〟を持ち出すつもりはないけど、同じバイト仲間として、咲夜ちゃんにいろいろちょっかい出すのはやめたらどーだ？」

「アラ、心外なお言葉ですわね。ワタクシはただ、咲夜を〝かわいがってる〟だけですわよ？　それより健治、年下の咲夜には〝ちゃん〟づけで、年上のワタクシを呼び捨てというのは、一体どんな了見ですの？」

「うっ……」

「まさか、同じウェイトレスだというのに、誰かサンをエコヒイキする……なんてコトはなさってませんわよね？」

「おい、倫……やっぱり、このままアイツを野放しにするのは、従業員の志気に関わるぞ。どーにかしないと」

「分からんヤッチャなぁ。恋水を野放しにしとくコトに意義があるんやないか」

「……それこそ、意味が分からんぞ？」

「まあ、見とき。とにかく、今ここで、恋水をおとなしゅうさせるワケにはイカンのや」

——恋水本人にはまるで態度を改めるつもりがなく、マネージャーの倫も（健治には分からない）意図があって放置しているらしい。

挙げ句の果てに、咲夜に話を聞こうとしても、

「これはもう、れっきとした〝いぢめ〟ですぅ〜っ。どうせ、私なんか、わたしなんか……うう〜っ」

——すっかり、いじけてしまっている。

（ハァ……とりあえず、オレが目を光らせておくくらいしか、当面の対策はないか）

己の無力さを感じないわけにいかない、健治だった。

と、そこへ——。

「ですから、生もの以外は全部、奥の倉庫の方に保管してありますから、在庫切れの時は各自で補充しに行くんですよ」

「……メンドクサイですわねぇ」

「そんなコト言わないでくださいよぉ〜」

咲夜と恋水が何やらモメながら、健治がひとり悩んでいた更衣室に入ってくる。

「今度はナニやらかしたんだ、恋水？」

「失礼な！　まだナニもやらかしてませんわっ！」

（……〝まだ〟ってゆーな）

「在庫管理について、恋水さんに説明していたんですよ。ついでに、倉庫の中も案内しておこうと思いまして……」

「へぇ」

――更衣室の奥にあるドアの向こうに、〝Milkyway〟の倉庫があった。

もともとは健治の父の書斎だった部屋を、倫が業者を使って勝手に改装したのだ。

「あらあらあら……せっかくの書斎が、泣いてますわね」

「そーゆーコトは、倫に言ってくれ」

「まあ、今は倉庫ですから。お箸《はし》とか爪楊枝《つまようじ》のストックが、ここに置いてある棚《たな》に整理されてます」

「……ふぅ～ん……」

咲夜の説明に対して、恋水は興味なさそうな素振りを隠そうともしない。

(コイツ……二度と倉庫に来ないつもりだな……)

ある種の確信を持って予測する健治の目の前で、咲夜はそれでも説明を続けた。

「手の届かない場所にあるモノを取りたい場合は、これを使って……んしょっと」

棚に掛けバシゴを立て掛け、自ら昇ってみせる咲夜。

「で、大体下半分にお砂糖やコーヒー用ミルクとかの食料品、上半分にそれ以外の消耗品がしまってあります。試しに、この奥にしまってある爪楊枝を……」

一生懸命《いっしょうけんめい》に分かりやすく解説しているのだが――残念ながら、恋水は聞いていない。

恋水だけでなく、健治もほとんど聞いていなかった。

それどころではなかったのだ。

(ブッ……！　み、見えてるっちゅーに！)

面食らう健治の網膜に――咲夜のスカートの中身が、鮮明に投影されていた。

もともと丈の短いデザインのスカートであるだけに、着用者が少し高いところに上がると、中はほぼ丸見えになると言っても過言ではない。

しかも、スカートの裾《すそ》から見え隠れするのは――。

(ヒ、ヒモパンかよ……！)

見るからに、布地の面積の小さそうな下着。蝶結《ちょうむす》びにされたヒモが、着用者の動きに合わせてユラユラと動く――咲夜の控《ひか》え目《め》な性格からは、とても考えられない趣味であった。

「ええと……んしょっ、ちょっと届きづらいですねえ……」

わずかに高さが足りないのか、咲夜はハシゴの上で悪戦苦闘する。

その様子を、反対側の恋水も、半ば呆《ほう》けたような顔をして見つめている。

――ふと、彼女と健治の視線が、正面からぶつかり合った。

軽く、小馬鹿《こばか》にしたような表情を見せる恋水。

〝健治も、とんだムッツリスケベですわね〟

などと思われていそうな錯覚にとらわれて、健治は慌てて視線をはずそうとする。

ところが、直後——恋水の顔が突然、あまり質のよくない類《たぐい》の笑みに崩れた。

（な、なんだぁ、そのいかにも〝名案がひらめいた〟って言いたげな、邪悪な顔は？）

イヤな胸騒ぎを覚える健治。

予感は正しかった——不幸なことに。

「……この、スカートの中でブランブランしてるのは、何かしら♪」

いきなり恋水が、下から咲夜のスカートの中へ無造作に手を突っ込んだのだ。

健治が止める間もなく、彼女は下着のヒモを的確にとらえ、一気に下方へ引っ張った。

結び目の解《ほど》けた下着は、アッサリと足首までずり落ちる。

「あら、こっちにも♪」

すかさず、反対側の結び目も解く恋水。

全《すべ》てが始まってから数秒で、彼女の手には、咲夜の下着がしっかりと握られていた。

「ブゥーッ⁉」

健治は思わず、その場で固まった。

スカートの奥に、うっすらと若草の生《お》い茂った股間《こかん》がチラリと見えてしまったのだ。

「えっ……？」

何が起きたか理解していない咲夜は、笑顔のままで後ろを振り向いた。

彼女の視線がふと、恋水の手に握りしめられた布きれに注がれる。

「クスッ……咲夜ったら、こーんなはしたないパンツをはいてらっしゃるんですのね♪」

「へっ？」

言われて初めて、咲夜はヒップの辺りを手でまさぐり、自分がたった今置かれている状況を確認した。

一瞬だけ、彼女の顔に広がる、理解の色。

「…………キャアアアアアアアアアン!?」

直後、店にまで届きそうなほどの悲鳴が、広くもない倉庫いっぱいに響き渡った。

「このお店で、エッチなぱんつは禁止ですわよ！　オホホホホホホ……」

勝ち誇った表情で、恋水は言い放つ。

しかし。

「ふ……ふぇぇぇぇぇぇぇぇぇぇぇん！」

ハシゴから転げ落ちた咲夜は、その場にへたり込んで、大声で泣き始めた。

「ちょ、ちょっと……咲夜？」

「ふぇぇぇぇぇぇぇぇぇぇん！」

「あ、貴女ね……ぱんつが脱げちゃったくらいで、そんなにマジ泣きするモンじゃありませんわよ？」

自分で脱がせておきながら、恋水は咲夜の反応に面食らう。

「うぇぇぇぇぇぇぇぇぇぇぇぇん！」

咲夜は咲夜で、さらに声を張り上げて泣くものだから、恋水はすっかり怯んでしまった。

まあ、なすすべがない点で、健治も大差なかったのだが。

「お、お前は、そーゆーバカなコトばっかりするから……どーすんだよ、一体!?」

「……そ、そうですわ！　そろそろお店に出ないと、人手が足りなくなってますわっ！」

「えっ……？」

「そんなワケですので、健治、後は任せましたわよ！」

「あっ、お前、コラ！　逃げんな！」

もちろん、制止の言葉に耳を貸す恋水ではない。彼女は健治の脇《わき》をすり抜けると、臆面《おくめん》もなく倉庫から逃げ出した。

残されたのは、泣き止《や》みそうにない咲夜と、途方に暮れる健治。

「うぇぇぇぇぇぇぇぇぇぇぇぇん……ふぇ、ふぇぇぇぇぇぇぇぇぇぇぇんっ！」

「お、おい……咲夜ちゃん、そんなに泣くなって……」

「もうダメですぅ……あんなトコ見られたら、もうお嫁にいけないですぅ～っ」

「……そんな古臭いコトを……」

「古臭くないです～っ、アソコは旦那様《だんなさま》以外に見せちゃダメなんですぅぅぅっ……！」

「で、でも、オレは何も見てないぞっ」

「(ピタリ)………………本当ですかぁ?」

「ホ、ホントだって」

「……ふえぇぇぇぇぇぇぇん! ど~して、正直に言わないんですかぁ~っ⁉」

「わわわかったわかった! ゴメンよ、見えちゃったよ! でも、アレは恋水のヤツがやらかしたイタズラのせいで……」

「(ピタリ)………………丸見えですかぁ?」

「……奥までバッチリ」

「……うぇぇぇぇぇぇぇぇぇぇぇん! やっぱり、お嫁にいけないですぅぅぅぅっ‼」

「バ、バカ、冗談だよ! あの角度と距離で、奥まで見えてたまるかぁ~っ!」

——健治は結局、日がとっぷり暮れるまで、咲夜をなだめるのに苦心することになった。


「…………………疲れた。昨日は、心底疲れた……」

次の日、健治は久々に午後まで寝ていた。

店が3連休(咲夜・亜由美・繭の期末テストと倫のイベント準備のため)で、普段のように午前中から起きる必要がなかったのだ。

とはいえ、日差しはまだ強い。身体《からだ》がいつの間にか昼型の生活サイクルに慣れてしまったため、以前のように日が暮れるまで寝ることができなかったようだ。

「それにしても、恋水のヤツ……ウチのメンバーでは、オレと倫を含めても2番目に年上なのに、どーしてやるコトなすコト、ガキ丸出しなんだろーなぁ……」

昨日の倉庫での騒ぎを思い出し、無意識のうちに眉《まゆ》をひそめる健治。

ふと、腹を押さえる。

「……さすがに、朝飯を抜くと腹が減るな。この連休中は倫もメシに付き合ってくれないだろうし……しようがない、自分で何か作るか」

ベッドを這《は》い出し、パジャマから普段着に着替えると、彼は台所へやって来た。

ところが、冷蔵庫の中には、ほとんど調味料しか入っていない。

「なんだよぉ……さては晶、全部食い尽くしやがったな？」

自分がスーパーへの買い出しを怠けていたことを、とりあえず棚に上げてみる。

もちろん、そんなコトをしても空腹は満たされないので、彼は店に入ることにした。

「いくら何でも、ピラフの材料くらいは残ってるだろ……ん？」

店につながるドアを開けようとした時、健治は不意に動きを止めた。

「……店から、物音が聞こえる？　晶かあゆが、学校から帰ってきたか？」

いぶかりながらドアを開けると——見慣れたリボンが、視界に入ってきた。

「咲夜……ちゃん？」

「キャッ！　……て、店長！」

そこには、布巾《ふきん》を持ったまま驚いている咲夜の姿があった。

「何してんだよ？」

「もう、おどかさないで下さいよぉ～」

「こっちの台詞《せりふ》だよ。店は今日から連休だぞ？」

「ええ、それは分かってるんですけど……休みの日でも、お掃除くらいはちゃんとしておかないと。テストの日は学校が終わるのも早いですし、家に帰る前に、少しだけお店に寄ってみたんです」

「……ううっ。咲夜ちゃんだけだよ、店のことをまともに考えてくれてるのは」

「そんな……オーバーですよぉ」

やや芝居がかった健治の反応に、咲夜は照れくさそうにはにかんだ。

「それより、昨日は取り乱しちゃって、すみませんでした」

「あ、いや……アレは不幸な事故だったんだし、ワニにでも咬《か》まれたと思って忘れた方がいいよ」

「……あのぉ、それは〝犬にでも咬まれたと思って〟じゃないですか？　ワニに咬まれたら、たぶん死んじゃうと思うんですけど……」

「はうっ……そ、そーだ！　何か冷たいモノ用意するよ。何が飲みたい？」

「クスッ。じゃあ、アイスティーを」

下手な話のそらし方だ——軽い自己嫌悪に陥りながら、健治はアイスティーを用意する。

「それにしても……」

咲夜はカウンターのスツールに座って、頬杖《ほおづえ》をついた。

「こうやって、店長とちゃんとお話しするのって、初めてですよね？」

「そうかい？　オレが今年の春休み、店の手伝いした時にも話はした気がするんだけど」

「あの時は先代の店長もいましたし、店長……健治さんは〝店がヒマだー〟って、居眠りばっかりしてたじゃないですか」

「そ、そんなコトはなかったと思うんだけど……いや、思いたい、なぁ」

健治の歯切れが悪いのは、自分が居眠りばかりしていたのを、しっかりと覚えていたからである。

実際——咲夜がこの店でバイトを始めてから1年以上経つというのに、健治が彼女とまともに会話をする機会は、ほとんどなかった。

理由は単純。健治が、全くと言っていいほど、店に顔を出さなかったのだ。

「あの頃《ころ》は、夜遊びばっかりしてたしなぁ。テストがあろうと進路相談があろうと、まるでお構いなしに……って、そーいや今日のテストの出来はどーだったんだい？」

「それは訊かないでください～。結局、テスト勉強が全然できなかったんですよぉ～」

「ゴメンゴメン、もう訊かないよ。その代わり、これを飲んだら家に帰って、ちゃんと明日の準備をすることだね」

言いながら健治は、レモンスライスを浮かべたアイスティーを、咲夜の前に出す。

「そうしますぅ……」

軽くヘコんだ咲夜だったが、アイスティーに口をつけた瞬間、笑顔が戻った。

「……あ、美味《おい》しい♪　まるで、先代が作ったみたいです」

「こんなの、誰が作っても一緒だろ？」

「普通は、全然違いますよぉ。働いてる姿なんかもそうですけど……やっぱり親子って、似てくるものなんでしょうね」

しみじみと語る咲夜の言葉が、健治には何とも面映《おもは》ゆい。

「そんなモンかねえ」

「それに、何だかんだ言っても、店長って面倒見がいいですよね。『夜道は危ないから』って、あゆちゃんを毎日家まで送ってあげてるし、お店もこまめに見てくれますし」

「ま、まあ、仕事だからなぁ」

「これで、恋水さんにもちゃんと注意してくれれば、完璧《かんぺき》なんですけど……」

「……そんなオチは要《い》らないんですけど、咲夜サン」

「でもやっぱり、店長ってお客さま相手の商売に向いてますよ！　ですから、〝先代が戻ってくるまでの間〟なんて言わずに、ずっとお店を続けて下さい」

「………（ジトーッ）」

「えっ……な、何ですか、その疑いの眼差《まなざ》しは……？」

「咲夜ちゃん……本気で言ってる？」

「信じてくださいよぉ～っ」

疑われて、アタフタと弁明する咲夜。その慌てようが、健治にはとても楽しい。

（……ひょっとして恋水って、これが見たくていろんな悪さをするのかなぁ……）

小さな疑問が頭に浮かんだが、口に出したらまた咲夜がいじけそうだったので、別のことを尋ねた。

「ところで……咲夜ちゃんはどうして、この店にこだわるんだい？」

「えっ？」

「今はこの繁盛ぶりだから、次のバイト代はかなり奮発できるかも知れないけど……もともと、改装前のウチの時給は、結構安かったはずだよ」

「………」

「それこそ、千尋の家のファミレスの方が、よっぽど厚遇してくれる。なのに、咲夜ちゃんはずっと、ウチでバイトしてくれてるだろ？　何か理由があるのかなー、と思ってね」

「…………」

咲夜はしばらく押し黙る。

言い淀《よど》んでいる、というワケではなさそうだ。まるで、懐かしさにひたっているような、温かな沈黙。

やがて、彼女は微笑《ほほえ》みを浮かべながら、口を開きかける。

「そうですね。このお店には……」

——健治は、その先を聞くことができなかった。

いきなり、亜由美が店になだれ込んできて、一言で咲夜の言葉をさえぎったのだ。

「お、お兄ちゃん……マネされてるっ！」

「マネぇ？　誰に、何をマネされてるってんだ？」

「千尋さんのファミレスに……ウチの制服のデザインがマネされてるよぉ！」

「……何ぃいいいいっ!?」

——新生〝Ｍｉｌｋｙｗａｙ〟に、初めての試練が訪れた。

# 第5章　千尋、逆襲！　反撃のカギはイチゴ魔人？

「……久しぶりに来るなぁ、ここ」

「昔は、よく入ったんですか？」

「千尋と付き合ってる頃《ころ》はね」

——連休2日目。

〝Milkyway〟の向かい側にそびえ立つ、千尋のファミリーレストランの建物《たてもの》の前で、健治と咲夜はいったん立ち止まった。

「さすがに今は、入るだけで度胸がいるなぁ」

「でも、実際に入って、確認してみないと……」

「もちろん、分かってるさ」

深呼吸をしておいて、ファミレスのドアを開け、1年以上ぶりに店内に入る健治。

軽く、店内の様子を見渡してみる。

「よかった……千尋はいなさそうだな」

「いらっしゃいませ。おふたりですか？」

「ハ、ハイ……あの、禁煙席で……」

咲夜は案内役のウェイトレスと、緊張の面持ちで会話していた。

彼女の顔が少し強《こわ》ばっているのが、健治にはちゃんと見て取れた。健治自身にも、表情が引きつっている自覚はある。

「禁煙席は、こちらになります」

「ど、どーも……」

「あっ、ありがとうございますっ」

禁煙席に着くと、ふたりはメニューを開くなり、目にとまったモノを注文した。

「え、ええと……アップルタルトとミルクティーをお願いします」

「じゃあオレは、ホットコーヒーとカツサンドで」

「かしこまりました。少々お待ちくださいませ」

ウェイトレスはにこやかに会釈をすると、厨房《ちゅうぼう》へ去っていった。

その後ろ姿を見つめながら、咲夜と健治はぎこちなく囁《ささや》き合う。

「ホ……ホントに、同じですね……」

「倫のヤツが見たら、『モロパクリやんけ！』って暴れ出すな……」

——亜由美の報告にあった通りである。このファミレスのウェイトレスの制服は、見れば見るほど〝Milkyway〟のそれと酷似していた。

カラーリングからスカートの裁断、ブラウスのデザインに至るまで——一瞥《いちべつ》しただけでは、両者の差異を見出すのは非常に難しい。

細かな装飾部分は、おおむね〝Milkyway〟のモノよりもシンプルなデザインになって——悪く言えば手抜きされている。

しかしそれは、この制服が〝倫の手作り〟とは異なり、既製品として大量生産されている可能性を、健治たちに強く印象づけた。

「ひょっとして……この制服、チェーン全店で採用されちゃってるんでしょーか……？」

「だとしたら……制服は、ウチの店のセールスポイントでも何でもなくなっちまうなぁ」

——疑う余地は、なさそうであった。

これはどう見ても、ファミレスチェーン社長令嬢《れいじょう》である千尋の、〝Milkyway〟への挑戦状、あるいは妨害工作としか考えられなかった。

「こりゃ、急いで倫と対策を練らにゃいかんなぁ」

健治は、無意識に眉《まゆ》をひそめた。千尋の勝ち誇った笑顔が、脳裏に浮かぶ。

「ご注文の品をお持ちしましたー」

テーブルに、それぞれのオーダーが並べられる。

「よし……これを食ったら、倫のアパートに押しかけよう。イベントの準備中かもしれんが、さすがに今回はそれどころじゃない！」

「そ、そうですね……急いで食べましょう」

ふたりは搔《か》き込むようにして、目の前のモノを口に放り込んだ。味がよく分からない。

——大急ぎでファミレスを飛び出すと、ふたりは一目散に倫のアパートへ向かった。

「とりあえず、店の対応策がまとまるまで、千尋を倫に近付けないようにしないと……」

「あのおふたりがいま顔を合わせると、ものすごい勢いでモメちゃうでしょうしね」

ファミレス対策より先に〝千尋対策〟を考えながら、倫の部屋の前に到着する。

すると。

「……千尋ぉっ！　これ、モロパクリやんけぇぇぇぇぇっ‼」

「言いがかりはやめて頂戴《ちょうだい》ね。ウチの制服と、アンタが作ったって言い張る制服のデザインが、〝たまたま〟似てただけじゃなーい♪」

「たっ、たまたまやとぉっ⁉　ウチの自信作をパクっておいて、その言い草は何やぁ！」

「相変わらず、オタクザルの声はキィキィ耳に響いて、うるさいわねぇ」

「……ムキィィィィィィィッ！」

一触即発——既に、手遅れの状態であった。

「バ、バカ、千尋！　自分から倫を挑発しに来んなよ！」

「あ、あああのっ、ケンカはよくないですよ〜〜っ」

健治たちは慌てて、互いにつかみかからんばかりの勢いの倫と千尋の間に割って入る。

「は、放さんかい咲夜！　今日とゆー今日は、そこの泥棒ネコに思い知らせてやらなアカンのやぁっ！」

「泥棒ネコは、アンタの方じゃない！」

「ウチの方て……オンドレはまだ、健治のコトでしょーもない勘違い続けとんのかぁっ！」

倫の怒声を背に受けて、健治は千尋に厳しい視線を向ける。

「お前のトコの制服がウチのパクリかどうかなんて、この際どうでもいい。だけどさ……わざわざ商売敵《しょうばいがたき》の所に、しかも店以外の所にやってきて馬鹿《ばか》にするってのは、ちょっと違うんじゃねーか？」

すると千尋は、健治以上に鋭い視線を放って言い返した。

「知らないわよ、そんなコト！　制服のデザインなんて小手先の工夫じゃあ、ウチのファミレスには絶対勝てないんだから！」

「くっ……」

「前も言ったけど、喫茶店《きっさてん》の真似事《まねごと》で無駄《むだ》に時間を潰《つぶ》すくらいなら、さっさとちゃんとした会社か大学に入ったらどうなのよ!?　だいたいアンタは……」

「真似事じゃありません！」

不意に——反論の叫びが、千尋の言葉を断ち切る。

千尋も、倫も、そして健治も、驚きの眼差《まなざ》しで声の主を見つめた。

「咲夜ちゃん……」

「あ……ご、ごめんなさい、急に大声出しちゃったりして……」

咲夜は申し訳なさそうに身をすくめながら、ボソボソと呟《つぶや》いた。

「でも……店長は真面目《まじめ》に、店長をやってます。それに店長は、先代よりも美味《おい》しくパフェを作れます……それは、千尋さんもご存じでしょう……？」

「そ、それは……」

「だから……真似事じゃないです…………」

「………フン！」

咲夜相手には怒鳴りづらかったのか、千尋は不機嫌そうにそっぽを向いて、そのままどこかへ行ってしまった。

「ふぅ……」

安堵《あんど》からか、それとも疲労からか、健治は深いため息をつく。

その視界に、咲夜が手の甲で目を拭《ふ》いている姿が映った。

「お、おい、咲夜ちゃん！　泣いてんのか？」

「……ごめんなさい、大丈夫です。緊張で少しウルウルきただけですから」

目尻《めじり》の涙をぬぐいつつ、彼女は笑顔を作ってみせる。

そのすぐ横で――倫は闘志を剥《む》き出しにしていた。

「タチ悪いオンナやなー！　こーなったら、あの高飛車女の言う〝小手先の工夫〟でナンボのコトができるか、見したろーやんけぇ!!」

翌日――3連休の最終日。

テストもこの日で終了したということで、ウェイトレスたちは急遽《きゅうきょ》、店に集められた。

「どうしたんですか、先生……目の下にクマができてますよ？」

さゆらが気遣わしげに尋ねるが、

（……ビン底眼鏡《めがね》に邪魔されて、そもそも目の下の様子なんか見えんぞ？）

健治には、彼女がどうやってクマを判別したのか、よく分からない。

「昨日は徹夜で、今日の準備をしとったモンでなー……」

肩をすくめた後、倫は切り口上で本題を語り始める。

「とりあえず、秋以降の制服デザインリニューアル……前倒しにするで」

「前倒しって……マネージャー、ワタクシたちの新制服はもう用意なさってるんですの？」

「当然、まだや。今日のところは試作品だけ持ってきたさかい、花梨《さゆら》とまゆぽんと咲夜には、すぐに試着してもらうで」

「ええ、分かりました」

「わーい、花ちゃんの新作だ～」

「ええっ!?　……て、店長の前で、試着は恥ずかしいですよぉ～」

「コラコラ！　オレはちゃんと、部屋の外に出るぞ」

「ほな、さっそく準備しよか」と、倫は衣装カバーをロッカーから取り出し始めた。

――更衣室のすぐ外で待機した健治だったが、さほど待たされることはなかった。

「こっちの着替えは終わったでー」

「おっ、早いな。んじゃ入るぞー……うわっ！　スゴイなこりゃ」

ドアを開けるなり、彼の口から驚きの声が上がる。

部屋の中央では、試着担当の3人が、コスプレ丸出しの衣装に身を包んで立っていた。

「一晩で作った、制服候補の試作品……全部、ウチの自信作やで♪　ホンマは、あと何種類か作りかけとんのやけどな」

胸を張る倫に、健治は率直すぎる感想を伝える。

「今さらだけど……コッテコテのコスプレファッションだなー」

「ホンマに今さらやな。そーゆー路線を狙《ねろ》とんのやから、当然やろ」

「露骨《ろこつ》にあきれた顔すんなよ」

咲夜は、大正時代の女学生風の、袴姿《はかますがた》。

さゆらは、スリットが腰まで入った、ノースリーブのチャイナドレス。

そして繭は、洋館の雰囲気《ふんいき》に馴染《なじ》みそうなメイド服。

どれも、デザイン的には問題なかった。

「できれば、この候補を全部採用して、着る制服は日替わりにしたいトコやな。まさか千尋のファミレスも、全部をパクって大量生産とはイカンやろ」

「なるほどね……咲夜ちゃん、着てみた感想はどうだい？」

「は、恥ずかしいです……」

咲夜は質問に顔を上げて答えることができず、頬《ほお》を桜色に染めていた。

「これは少し、お色気が過剰かも知れませんね」

言いながらもさゆらは、軽く悩殺ポーズを取ってみたりしている。彼女自身にとっては、割とお気に入りのデザインのようだ。

「繭ちゃんは大丈夫かい？　問題があるなら、今のウチに倫にダメ出しした方がいいよ」

健治が声をかけると——とんでもない答えが返ってきた。

「いえ……私は、これでいいと思います……ご主人様」

「……ごしゅじんさま？　オレがぁ？」

「ああ、そっか。まゆぽんの中では、メイドはそーゆーキャラづけなんやな」

「キャ、キャラづけ……」

「はい。ご主人様の命令に絶対服従するのは、メイドの大事な務めなのです。どんなに恥ずかしい行為やポーズを命じられても、黙って従わないといけないのです……」

「…………なんで、凌辱《りょうじょく》ものエロゲー風味やねん」

思わず、倫の関西弁がうつってしまう健治であった。

翌日――閉店直後。

「明日のために、その2！　ウェイトレスも、デザートの調理ができるように特訓！」

「……どんなに景気よく言ってみたところでさぁ」

更衣室で、倫と向き合って座っていた健治は、あきれたようにため息をつく。

「ここには今、オレとお前だけ……ウェイトレスはひとりもいないんだけど」

「そりゃそーや。後片付けがあンのに、ウェイトレスが更衣室におって、どーすんねん」

倫は肩をすくめて説明する。

「それはともかく、ウチは料理を作れるのがアンタと咲夜だけっちゅー現状を、どうにかしたいねん。デザートだけでも、全員作れるようになったら、アンタかてラクやろ？」

「ま、まあ、そりゃそうだけど……」

「客にしてみても、目当てのウェイトレスの手作りパフェを食べたい言うヤツは、少なくないはずやで」

「いや、その案自体にデメリットはないし、やるに越したことはないと思うけど……」

健治の表情は冴《さ》えない。胸の中のモヤモヤが吹っ切れないのだ。

「でも……千尋のファミレスに対抗するアイデアとしては、インパクトが弱くねえか？」

「そか？　客のニーズも満たせるし、店員の作業効率アップも見込める、現実的な案やと思うんやけどなぁ」

「……ん？」

倫の得意げな笑顔の中に——ふと、彼の直感に引っかかるモノがあった。

「なぁ、倫……ひょっとしてお前、オレにも話してない切り札があるのか？」

「切り札は恋水やって、前にも言うたやないの」

言いながら、倫は人の悪そうな笑みを浮かべる。

「ただ、今日が切り札の切り時や、とだけ言うとこか。ホンマはもう少し先のつもりやったけど、千尋のアホウに目にもの見したろう思て、昨日のウチに手ェ打った」

「……お前の家に千尋が来た後で？　行動早いな、お前」

「まあ、じきに切り札を使う相手が来るさかい、もう少し待っとき」

「ここに？　誰《だれ》が来るんだよ？」

「明日からの〝6人目のウェイトレス〟や……」

彼女が言った途端。

「ひゃややややややややや〜〜〜〜〜っ!!」

フロアの方から、奇声が聞こえてきた。

「おっ、ウワサをすれば、今日も恋水が大暴れしとるな♪」

「咲夜ちゃんの声だぞ、これ？」

「咲夜がこんな声出す理由ゆーたら、恋水のイタズラ以外に考えられるんか？」

「……納得」

さっそくフロアに出てみると、咲夜が上に食器をたくさん重ねたトレイを持ったまま、床に座り込んで身悶《みもだ》えしている。

「そんな風になっても食器をひとつも落とさないか……ウェイトレスの鑑《かがみ》だなぁ」

妙なことで感心しながら、トレイを引き取る健治。

「で、今度は何されたんだ？　どーせまた、恋水にいぢめられたんだろ？」

「ふぇぇ～ん……それが分かってるなら、たまには恋水さんを叱《しか》ってくださいよぉ～」

咲夜は立ち上がるものの、既に半ベソをかいていた。

「恋水さんったら、私がトレイを持ってて、両手がふさがってる時に、背中に氷入れたんですぅ～」

「……胸元だったら、ちょっとエッチっぽかったかも」

「店長ぉ～っ！」

「もちろん冗談です、はい……しかし相変わらず、小学生レベルのイタズラだなぁ」

「誰が小学生ですってぇ!?」

「どわっ⁉」

どこで聞いていたのか、恋水がいきなり現れて吼《ほ》える。

一瞬怯《ひる》んだが、健治は気を取り直して説教を試みた。

「せ、背中に氷を入れるなんざ、充分小学生レベルのイタズラだろーが」

「ホホホホッ、勘違いなされても困りますわ。アレは、咲夜が暑そうにしてたから、気を利かせてあげただけですわ」

「ウソですよぉ〜。私はイヤだって言ったのに、何個も入れたじゃないですかぁ〜」

「証拠がありますの？　ワタクシが咲夜の背中に入れた氷とやらが、証拠として残ってるのなら、謝ってさしあげてよ♪」

「……ズルイですぅ！　氷なんて、解けるに決まってるじゃないですかぁ〜」

「ヘリクツ大将だな、お前……ほらぁ！　咲夜ちゃんの背中が、解けた氷でベタベタになってるじゃねーか！」

「まさかぁ。咲夜の汗に決まってるじゃありませんの。そこまでおっしゃるなら、ワタクシが触って確認してみますわね……（モゾモゾ）」

「ひ、ひえええええええっ⁉」

何を思ったか、恋水はいきなり咲夜の背中をまさぐった。

理由は、プチッという小さな音で、すぐに分かった。

「……アラ。咲夜、ブラのホックがはずれちゃってますわよ♪」

「や、やめてくださいよぉ～っ。こんな所じゃ、すぐに直せないじゃないですかぁ～」

「いい加減にしろ！　そーやって、同僚に悪さばっかりするようなヤツは……」

たまりかねた健治が声を上げるものの、恋水は相変わらず平気である。

「……そんなヤツはクビだとでもおっしゃりたいんですの？　健治はマネージャーの了解もなく、ワタクシをクビになさるおつもり？」

「グッ……」

「どうしてもクビになさりたいなら、ワタクシは全然構いませんわ。その代わり……貴方《あなた》たちを、口では言えないようなヒドイ目に遭《あ》わせてさしあげてよ!!」

「ふぇ……ふぇぇぇぇぇん！」

「お、お前っ……居直り方にも、程度ってモンがあるだろーが！」

これっぽっちも恐れ入らない彼女の態度に、かえって健治の方が気圧《けお》されてしまった。

〝傍若無人〟を実体化したら、こんな娘になるんだろーか――店長の胸の内に、半ば絶望的な思いが去来する。

その時――、

「……恋水！」

不意に、甲高《かんだか》い女性の怒声が、閉店後の店内に響き渡った。

耳慣れない、さゆら以上に大人《おとな》っぽい声。

それを耳にした途端、恋水の顔に、健治たちが見たことのない表情が浮かんだ。

——緊張、であった。

「ええっ⁉　このっ、声はマサカっ……！」

「何がマサカなの⁉　私に来られたらマズイことでもあったのかしら⁉」

激しい叱責の声とともに、店内に現れた女性がひとり。

高級そうなスーツ姿に、健治は見覚えがあった。

「……あなたは確か、この前なにやら千尋と話をしていた……悠さん、だっけ？」

「いきなりファミレスのバイトを勝手に辞《や》めたと思ったら、このお店で悪さばかりしていたんですって⁉　……お姉さん、悲しいわ！」

「い、いえ、ワタクシはちゃんとバイトをやっていましてよ、お姉さま！」

「………お姉さん⁉　このヒトが、恋水の⁉」

健治を始め、その場にいるほぼ全員が仰天した。

「申し訳ありません、健治さん。ウチの妹が、ご迷惑をおかけしているみたいで……」

悠は健治に頭を下げてから、再び恋水に向き直る。

「ならば訊《き》くけど、このお嬢さんは何故《なぜ》泣いているの？　恋水、答えて頂戴」

「え、えっ？　……ええっと……どうしてでしょうか……ふ、不思議ですわね……」

健治たちは、さらに驚いた。

これほどしどろもどろになる恋水を、皆は今まで想像すらできなかったのだ。

挙げ句に、彼女が無理矢理しぼり出した言い訳はというと――、

「……分かりましたわ！　咲夜ったら、ついさっき大きなタマネギをみじん切りに……」


ギュウウウウウゥッ！


「イ、痛い痛い痛い痛い！　お姉さま、耳がちぎれてしまいますぅ！」

「お姉さんは、全部見ていましたよ！　貴女《あなた》、お姉さんにまでウソをつくのね⁉」

「そ、そんなつもりは～……」

「健治さん、申し訳ありませんけど、奥の部屋をお借りしますね」

「えっ？　は、はあ、どーぞ……」

「こっちにいらっしゃい、恋水！　人様に迷惑はかけるなって、お父様からも毎日言われてるでしょう⁉（ギュウウウウゥッ）」

「ごっ、ごめんなさい、お姉さま～……だから、耳は引っ張らないでぇ～っ」

「ウソをつくようなコには、お仕置きが必要です！」

「…………」

あの恋水が、半ベソをかきながら、更衣室に〝連行〟されていく様を、一同はあっけに取られて見つめることしかできなかった。

「お、おい、倫……まさかとは思うけど、お前の言ってた〝切り札〟って……」

茫然《ぼうぜん》と呟く健治の目の前に、倫から1枚のカードがかざされた。

「アンタがもらって、更衣室のテーブルに置き忘れてった、悠さんの名刺や。名字んトコ、よう見てみぃ」

「……『東条悠』!?　れ、恋水と同じ名字じゃん！　ホントに姉妹なのか、恋水と悠さんって!?」

「ふたりで千尋んトコのファミレスで働いとったのが、ウチの制服の可愛《かわい》さにつられた恋水が〝Milkyway〟に移ってきたっちゅーワケや」

「………似てねー姉妹だな、しかし……」

「そーゆーワケで健治、交渉はウチがするさかい、アンタはウチに話を合わせーや」

「…………？」

ドアの向こうで、恋水のすすり泣きが聞こえる。

（自業自得、天罰だ！）

という思いと、

(……どんな〝お仕置き〟をされたんだろう?)

という恐怖混じりの興味が、健治の心中で交錯する。

「知らぬこととはいえ、この度は恋水が本当にご迷惑をおかけしました……」

更衣室のテーブルの正面に、悠が申し訳なさそうな顔で座っている。健治にとっては、かなりシュールな光景であった。

「お話は数日前、倫さんからうかがっていたんですが……まさか、恋水が同僚の方にぁんなヒドイことをしていたなんて……お詫《わ》びのしようもありません」

「は、はあ……」

深々と頭を下げる悠に、曖昧《あいまい》な返事しかできない健治。

代わりに、倫がしかめ面を作って、言葉を返した。

「ホンマに迷惑しとったんや。店で仕入れたイチゴは食い荒らすし、店の女の子はいぢめよるし……」

(お、お前……全部『エエねん、エエねん』の一言で片付けてたじゃねーかっ!)

健治がツッコミを入れたくなったその時、悠は席を立ち、さらに深々と頭を下げる。

「本当に、申し訳ありませんでした……」

「それでな健治、こないだ電話で話し合うたんやけど、悠さんはウチで働いて、恋水の代わりに罪滅ぼしをしたい言うとんのやわ」

（……これが倫の〝奥の手〟か！）

何しろ相手は、ファミレスチェーンでスーパーバイザーを務めるほどのエキスパートである。倫の代わりにマネージメントもできるだろうし、社員教育もお手の物だろう。

その上、この美貌《びぼう》――いざという時には、ウェイトレスとして店に出ることも可能だ。

健治はようやく理解した。倫が恋水のやりたい放題を放置していたのは、〝敵の〟優秀な人材を、この店にヘッドハンティングしたかったからなのだ。

「まあ、健治が怒り心頭なのも分かるけど、このウチの顔に免じて許してほしいんや」

（……オレが悪者かよ）

彼女の〝シナリオ〟に不満はあるものの、

「お願いします。ご迷惑をおかけした分は、必ず私がお返ししますので。既に、千尋さんのファミレスとの契約は、昨日付けで解除してまいりました」

――とまで悠に言われてしまっては、健治もシナリオ通り演じるしかない。

「ま、まあ……そーゆーコトでしたら……」

「うんうん、これでウチも一安心や。健治が話の分かる男で、よかったな！」

「ありがとうございます。私が入ったところでどこまでお返し出来るか分かりませんが、恋水のことは許してあげて下さい」

「は、はい……」

（……でもまぁ、悠さんが店員になってくれるんだったら、オレが嫌がる理由なんて何もないよな？）

事実を確認することで、倫の〝陰謀〟を強引に肯定《こうてい》する健治であった。


——契約内容を詰める倫と悠を残して、いったん更衣室を出る。

そこで健治は、ドアのそばに立っている恋水の姿を認めた。

「他のみんなは、帰ったか？」

「ええ、とうの昔に帰りましたわ……」

「お前は帰らないのか？　それとも、悠さん待ち？」

「…………」

恋水は直接答えず、やや深刻な表情で健治に反問する。

「……お姉さま……本当にこの店に入るんですの？」

「オレも驚いたけど、本気みたいだね……」

答える健治の顔には、自然と苦笑いが浮かんできた。

「……まあ、これからは、悪さをするのはやめた方がいい。咲夜ちゃんにいぢわるするするのもな」

「あ、あれは単なるスキンシップですわ。変な言いがかりをつけられても……」

「でも、そのスキンシップとやらを、悠さんはどう判断するかな？　それにあのヒト、メチャクチャ恐《こわ》いじゃないか」

「……〝恐い〟なんてモノじゃありませんもの！　お姉さまは鬼ですわ！　さっきだって、ワタクシがあんなに謝ってるのに、何度も何度も……」

そこまで主張しておきながら、恋水は不意に押し黙る。

そして、さりげなく視線を窓の外にそらしてみたりする。

「ま、まあ……それはともかく、お姉さまが来たからには、〝Ｍｉｌｋｙｗａｙ〟も安泰《あんたい》と思っていいんじゃなくって？」

「ん？　どした、急に？　話題が変わっちゃってるぞ？」

「別に変わってなんかいませんわ……」

「それより、どうしてさっきから、ずっと立ちっぱなしなんだ？　営業中じゃないんだから、座ればいいじゃん」

「す、座るかどうかは、ワタクシの勝手ですわ！」

「…………？」

恋水の態度に不自然なモノを感じた健治は、

「……そう言うなって。イチゴたっぷりのＭｉｌｋｙパフェをおごってやるから」

「えっ、ちょ、ちょっとお待ちになって……」

「いーから、いーから。座って待ってな」

座る必然性を強引に作ってやると、彼女の両肩をつかんで、すぐそばの椅子《いす》に押し込むようにして座らせた。

「………っ!!」

瞬間、恋水は反発するバネのように、無言で勢いよく立ち上がった。

数秒の沈黙の後、彼女は顔を真っ赤にして、健治をにらみつけながら言い放つ。

「また、今度で、結構ですわっ!!」

そして、憤然としながら——の割には、ソロリソロリといった感じの足取りで、トイレに消えていった。

健治は思わず、人の悪い笑みを浮かべてしまう。

「アイツ……ひょっとして、悠さんにお尻ペンペンでもされたか?」

瞬時に浮かんだ想像図が、脳裏にこびりついて離れない。

彼は自宅に引き上げてからも、発作的によみがえる想像図に顔をにやけさせては、

「気持ち悪いから、思い出し笑いはやめてよ!」

と、晶に何度も文句を言われたのだった。

「今日はみんなにはレギュラーの制服の代わりに、ウチが用意してきたバニースーツを着て接客してもらうでー」

「バ、バニー……マネージャー、私も着るのでしょうか？」

「そうや。悠さんだけ、別の制服ってワケにもイカンやろ？」

「そんなに驚いた顔しなくても……大丈夫、悠さんに似合うと思うよ、バニーの衣装」

「……お兄ちゃん、なんか目がやらしー」

「む、むくれるなよ、あゆ！　でも、あゆもスタイルいいから、きっと似合うさ」

「……ホント？　えへへー」

「おっ……お姉さまが、バニーの格好だなんて……プッ、ククク……き、きっと、よくお似合いで……ププーッ！」

「……恋水！　何が可笑《おか》しいの⁉（ギュ〜ッ）」

「イイイイイタイですわ、お姉さまぁ！　可笑しくありませんから、つねるのはおやめになってぇ〜っ！」

——勤務初日は、悠にとって試練の一日となったようだ。

客の評判は悪くない。むしろ、さゆらに続く〝お姉さん系〟のニューフェイスということで、すこぶる好評であった。

しかし、男性客の好奇と鑑賞の視線にさらされたことがないのか、悠はたびたび赤面し、時には声をうわずらせたりもした。

「心配しなくても、イケてるって。だから、緊張しないで」

健治が緊張をほぐそうとしても、彼女はどうにもリラックスできない。ただ、その〝初々しさ〟が、なおのこと客ウケしているようだったが。

「お姉さま、ガラにもなく舞い上がってますわ。異性と接する機会がなかったから、見るからにガッチガチですもの……ウププ」

姉の目を盗むようにして、恋水はこっそり健治に打ち明けた。

(聞かれたら、またお仕置きだろうに……ある意味、チャレンジャーだなぁ)

その根性だけは見上げたモノだ——妙なところで〝不良ウェイトレス〟を再評価する健治であった。

それにしても、この日は店員一同、てんてこ舞いの忙しさだった。

理由は一目瞭然《いちもくりょうぜん》——咲夜がまだ、出勤していないのだ。

〝す、すみません……お腹《なか》が痛いので、病院に行ってからお店に入りますぅ……〟

蚊の鳴くような声で、遅刻する旨《むね》の電話が入ってきたのが、開店前。

それからかなりの時間が経《た》ったが、本人が出勤する気配もなければ、続報も入らない。

「咲夜ったら、ブッたるんでますわ！」

店内をせわしなく駆け回りながら、恋水が憤慨した。

「これでは、ワタクシがサボるコトもままなりませんわ！」

「堂々と暴言を吐くな！　てゆーか、咲夜ちゃんがいてもサボるなよ！」

「でも、繭は店内で堂々と居眠りなさってますわよ!?」

「私のはサボりじゃなくて、休憩ですよ～」

「ま、繭ちゃん……その区別は間違ってるぞ……」

「何やなんやぁ？　まぁたアンタ、まゆぽんをいぢめとんのかぁ？」

「こんな一言までいぢめ呼ばわりすんな！　お前、いくらなんでも繭ちゃんにだけ甘過ぎねーか？」

「ちょっと、お兄ちゃん！　オーダーが溜《た》まってきてるよぉ。早く作らないと……」

「うぉっと、いけねえ！　ゴメンな、あゆ。で、オーダーはどのくらい……」

健治がカウンターに戻ろうとした、その時——

「店長！　病院から電話がありました……！」

今まで電話をしていたさゆらが、客に聞こえないよう健治に耳打ちした。

「咲夜さん……緊急入院だそうです！」

「…………へ？」

〝緊急入院〟の意味がとっさに分からず、間抜けな声を出してしまう健治。

「それって……緊急に入院するってコト？」

「今日明日のうちに、手術も行うということです……！」

「……背中に氷を入れたくらいで、手術ですのぉ⁉」

勘違いした恋水の驚きの声も、彼の耳には入らない。

「…………ウソぉ……」

健治はその場で、茫然と立ち尽くすのみ。

「だって、いたジャン……昨日まで、この店に……」

「……店長？　ちょっと……しっかりして下さい、店長っ」

様子がおかしいことに気付き、さゆらが遠慮がちに肩を揺する。

それでも、健治が〝正気〟に戻るまで、数秒を要した。

〝咲夜、入院〟という事態の重大さが、彼の理性の処理能力を超えてしまったのか——。

# 第6章　嵐の日の珍事。咲夜の涙が倫を変えた!?

「……タダの虫垂炎《モーチョー》!?」

「すみません、お騒がせしました……」

翌日——健治は咲夜の病室を訪れていた。

カウンターの中はさゆらに任せ（メニュー制限は余儀なくされてしまったが）、自身は悠を連れての見舞いである。

「よかったぁ、もっと重病かと思ったよぉ」

「お医者さんに診《み》てもらうのが遅ければ、充分に重病です」

と、悠は少しおかんむりであった。

「動けなくなるほど痛くなってしまって、昨日は救急車沙汰《ざた》だったそうじゃないですか。どうしてそんなになるまで、我慢したんですか？」

「まさか盲腸とは思ってなくて、テスト疲れとかで体調を崩しただけかなーと思っちゃって……痛み止めを飲んで寝てたんです。でも、痛みはひどくなるばかりで……」

「当然です！　貴女《あなた》はバイトのリーダー格なんですから、自分の体調にももっと気を配らなくては……」

「……ごめんなさい」

悠の説教で、しゅんとなってしまう咲夜。

「まあまあ。とにかく、大事にならなくて何よりだよ」

健治が努めて明るい声で言うと、悠もようやく表情を崩した。

「そうですね。退院はいつ頃《ごろ》になりそうなんですか？」

「週明けには退院オーケーで、来月に入ったらバイトに復帰しても大丈夫だそうです」

「そんなに早く治るの？　若い人の回復力って、素晴らしいわね……」

「ハ、ハハハ……」

何と言葉を返していいのか分からず、健治も咲夜も笑ってごまかしてみる。

「どちらにしても、咲夜さんは早く身体《からだ》を治して、お店に戻ってきてくださいね。恋水もきっと、首を長くして待ってると思います」

「……恋水さんがですかぁ？」

咲夜の顔に、世にも情けない表情が浮かんだ。

彼女の気持ちが分かるのだろう。悠は笑って、言葉を続けた。

「フフッ。恋水はたぶん、貴女のコトが相当好きなようですよ」

「え〜っ？　まさかぁ……」

「あのコってああ見えて、実はとても寂しがり屋で甘えん坊なんです」

「寂しがり屋で、甘えん坊……アイツがぁ？」

健治は〝寂しがり屋で甘えん坊な恋水〟を想像しようとして、ものの数秒であきらめる。

「……だめだ、絵が浮かんでこない」

「そんなコですから、気に入った相手には構ってもらいたくて、仕方がないんです。ただ、素直じゃないところがあるので、あんな振る舞いが多くなってしまうんですけど……」

「好意の裏返しが、あのいぢめか……ホントに小学生みたいなヤツだなぁ」

「そんなぁ、ありがた迷惑ですよぉ～……」

「ハハハ、そんなにイヤな顔したら、恋水が寂しがるぞ」

困惑を隠しきれない咲夜の様子に、思わず笑ってしまう健治だったが——続く悠の一言で、似たような表情になる。

「店長を前にした千尋さんと、同じようなものでしょうね」

「…………………」

「それでは、私は先に店に戻りますので」

さりげなく爆弾を落としておいて、悠は笑顔で病室を後にする。

しばしの、沈黙。

「……そうですよねえ。本当に千尋さんが店長のことを嫌いだったら、ああいう風に店長の将来を心配しませんよねえ」

「はうっ……」

咲夜に返り討ちに遭《あ》った健治の耳に、先日浴びた罵声《ばせい》がよみがえってくる。

『喫茶店《きっさてん》の真似事《まねごと》で無駄《むだ》に時間を潰《つぶ》すくらいなら、さっさとちゃんとした会社か大学に入ったらどうなのよ⁉』

「千尋さんには、まだ店長への想《おも》いが残ってるみたいだけど……店長はどうなんですか？」

「ど、どーもこーも、あれだけカランできた挙げ句に〝営業妨害〟なんだから、迷惑もいいトコ……」

笑って答えかけて、健治はいったん口をつぐむ。

「あの……できれば、真剣に答えてください……」

「………」

咲夜は――思った以上に真剣な光を、その瞳《ひとみ》に宿していた。

「……良くも悪くも、自分に正直なんだよ、アイツ」

健治は冗談でごまかすのをあきらめて、真面目《まじめ》に語る。

「その場その場で、自分が感じたことを言わずにはいられない。だから、矛盾したことも言うし、とんでもない逆ギレもしょっちゅうだ。それでも……アイツの純粋さは、昔から好きだったなぁ……」

「じゃ、じゃあ、ヨリを戻したり、なんてコトは……」

「期待されても、有り得ないよ」

「えっ……」

「そもそもオレの側に、意思も資格もない」

咲夜の質問を、彼は先回りして答えた。

「千尋と付き合えるのは、アイツだけを見続けていられる一途な男か、アイツのワガママを余裕で受け止められるオトナの男か……オレは、どちらでもないよ」

「でも……」

「もちろん、オレは今でも千尋のことは嫌いじゃない。でも……いや、だからこそ、資格のないオレが千尋と付き合うことは、もう有り得ない。万が一、千尋がまだオレのことを好きでいてくれても、ね」

「……恋って、難しいんですね……」

「もっと簡単な方がいいよなー。でも、考え無しにヨリを戻しても、すぐにまたケンカ別れするだけだしなー」

健治がオーバーに頭を抱えるふりをすると、咲夜はクスクスと笑い出した。

「店長って、結構思い悩むヒトだったんですね」

「そーだよ。オレはもともと繊細な男なんだよ」

おどけて言ってはみたものの——咲夜が入院したという報《しら》せを聞いて、自分でも信じられないほどショックを受けた話は、さすがにできない健治。

ショックを受けた理由が分からない——と、自らをあざむくことはできない。

ただ、薄々勘付いている自らの想いを、ちゃんと確認するのはためらわれた。

「でも、こんな時期に病気になっちゃって、本当にすみません」と、咲夜。

「しばらくはお店も人手不足で大変でしょうけど、皆さんにはくれぐれもよろしく……」

「……いや、そのことなんだけど」

彼女の言葉を、健治はためらいがちに制した。

「店は明日からしばらく、休むことにした」

「えっ……？」

そして、昨日のうちに倫や悠とも話し合った結論を告げる。

「ほら、他のバイトと違って、咲夜ちゃんは代わりが効かないからさ。で、いい機会だから、悠さんに教官をお願いして、バイトの研修をすることにしたよ」

「そんな……」

「咲夜ちゃんがもっと重病だったら、経験者のスカウトとかも考えなきゃいけなかったんだけど、盲腸程度で済んでよかった……」

「……休まないで下さいっ！」

——不意に、病室に響いた咲夜の声。

その声は、今まで健治が聞いたこともない、切実な響きを帯びていた。

「お願いです、店は休まないで下さい……！」

繰り返す咲夜。その強《こわ》ばった表情に、健治は困惑する。

「ど、どーしたんだよ、急に？　そうは言っても、キミがいないんじゃ、フロアを仕切れるヒトがいない……」

「じゃあ私、明日から出勤します……！」

「ム、ムチャ言うなよ！」

混乱しながらも、何とか咲夜を思い止《とど》まらせようと試みる。

「病人が無理に働いたって、キミのためにも店のためにも、お客さんのためにもならないだろ⁉　そんなコトくらい、キミになら分かるはずなのに……」

「……それじゃあ、私がいなくても、お店の営業は続けて下さい……」

「咲夜ちゃん……？」

いつしか咲夜は、健治の手をギュッと握りしめていた。

「私ひとりのために、お店を休むなんて、寂しいことを言わないで……！」

気がつけば、彼女は涙声になっていた。

「今は、大事な時じゃないですか……このくらいのことで、〝Milkyway〟の人気が下がったり、店が潰れたりなんて……私、イヤです……」

「そ、そんな、オーバーだよ」

こんな時に、平凡な言葉しか返せない自分が、健治には腹立たしい。

「ごめんなさい……でも、あの店は、私にとっても大切な〝場所〟なんです……」

「大切な場所……」

彼には、咲夜の呟《つぶや》いた正確な意味が分からない。

分かるのは、潤《うる》んだ瞳から向けられる、彼女の祈るような眼差《まなざ》し――。


『てなワケだから、明日からも当面、店は通常通り続けるぞ』

『ムチャ言うなや！　咲夜の代役なんか、花梨《さゆら》でも荷が重いで！』

『私も、賛成は致しかねます。万が一、ウェイトレスの未熟さからトラブルが起きて、店が信用を失ってから後悔しても、遅いのですよ？』

『言いたいことは分かる！　でもオレは、意見を聞こうとしてるんじゃなくて、決定事項を伝えてるんだよ！』

『店長、それはあまりにも……』

『ごめん、悠さん。でも、オレはひとりでも店を開けるから』

『……話はよう分かった。せやけど、今回の件がなくても、明日は店を休む予定やったで』

『えっ？』

# 第６章　嵐の日の珍事。咲夜の涙が倫を変えた！？

『明日なぁ……台風が本州に上陸するんやわ。暴風雨の中、バイトを無理に出勤させて、それこそケガでもされたらどーすんねん？』

『え、えーと、それは……』

『台風が来てしまっては、お客様もさすがに、いらっしゃらないと思いますが』

『そ、そーかなやっぱり……』

『それでも健治は、独りで店を開くんやな？　いやー、立派立派♪』

『………お、おう！　男に二言はないぞ！』

「……オレはどの辺りから、引っ込みがつかなくなったんだろお……」

——鉛色の曇天を見つめながら、思わず独り言を呟く健治。

彼は昨夜、病院から店に戻った後に再び倫や悠と話し合いを持ち、とりあえず咲夜の入院中も〝Milkyway〟の営業を継続することを決めた。

ただ——気がつくと、会話の流れの中で、妙な決定が下されている。

『つまり、明日に関しては、バイトの出勤は自由意思・自己責任で……ちゅーコトにするんやな？　もちろん、健治本人も自由意思で』

「何で、こんなコトになったんだろ……そもそもオレ、〝男に二言はない〟なんて言うキャラじゃねーだろ」

昨夜の自分自身の発言に、今さら驚く健治であった。

「それにしても、風も強くなってきたなー……」

まだ正午を回ったばかりだというのに、外は既に真っ暗である。

天気予報では、台風の勢力は予定より早く弱まったということだったが――それにしても、雨も風も大したことがないということは考えにくい。

「確かにこんな日に、無理してでも店に来てくれとは、言いづらいよなぁ……やっぱり、オレだけで店開くか……トホホ～」

と、その時。

「……何をチンタラ準備なさってますの？　開店時間なんて、すぐですわよ！」

「えっ……？」

「お客様の傘《かさ》を入れるビニール袋は、ちゃんと用意なさいましたの？」

驚いたことに――風で乱れた髪型を直しながら、恋水が出勤してきたのだ。

「ほら、モタモタしてないで、さっさと働きなさいな！　バイトをこき使うばかりが、店長の仕事じゃなくってよ！」

「……恋水、平気か？」

「あン？　何がですの？」

「台風が間近なんだが……帰りとか、自宅の備えとかは、大丈夫なのか？」

およそ、恋水に対してはかけたこともない、気遣わしげな言葉をかける健治。

恋水の返事は——、

「……そんな甘言に、ワタクシが乗せられるなどと思ってらっしゃるのかしらぁ？」

「か、かんげんっ？」

「他のバイトを締め出して、店中のイチゴを貴方《あなた》だけで独占するつもりですわね!?」

（……ンなコト考えるのは、お前だけだっちゅーの）

「ワタクシの目の黒いうちに、そんなことをさせるワケにはいきませんもの……仕方なく出勤してさしあげましたのよ。観念なさい」

そして、目を丸くしている健治を後目《しりめ》に、何食わぬ顔で店内のテーブル拭《ふ》きを始める。

普段は、指示をしなければ仕事をしない——どころか、口やかましく指示しても、屁理《へり》屈《くつ》や聞こえないフリを駆使して、なかなか仕事をしようとしない、あの恋水がである。

姉の悠から『素直じゃないところがある』と評される彼女のことだから、〝店のことが気になった〟とは決して言わないだろう。

それでも、その態度だけで、恋水の気持ちは健治にも充分に伝わった。

「……恋水、ありがとうな」

「は、はぁ⁉　健治の野望は潰《つい》えましたのよ？　〝覚えてろ〟ならともかく、〝ありがとう〟などというのは反対じゃありませんこと？」

力説しながら、何故《なぜ》か赤面する恋水。素直に誉《ほ》められるのを相当苦手にしているらしい様子に、健治の〝いぢわる衝動〟が刺激される。

「いや、本当に感謝してるよ。今の様子を咲夜に見せたら、泣いて喜ぶんじゃねーか？」

「なっ、なーにを馬鹿《ばか》なコトをおっしゃいますの⁉　ワタクシが、咲夜を喜ばせなきゃならない道理なんて、どこにもありませんわよ！」

慌てふためいて抗弁する様子が、見ていてとても楽しい。

ただ、恋水もすかさず、健治に反撃してきた。

「咲夜のことは、健治だけが喜ばせていればいいんですわ！」

「……それこそ、何を馬鹿なことを言い出すんだよ？」

「バイトの帰り道で、咲夜がおっしゃっていたことがありますわよ、『店長があんなに真面目に仕事をするヒトだと思わなかった、このままでは好きになりそう』ってね！」

「ホ、ホントかっ⁉」

「……ウソだと言ったら、どうなさるおつもりかしら？」

「おっ……お前なーっ！」

「ホントかどうかは、自分でお確かめになったら？　ホホホホッ」

「で、できるか、そんなコト!」

不毛な言い合いが繰り広げられる中、

「おはようございます……アラ、恋水ちゃん。私が一番乗りじゃなかったんですね」

さゆらが、スーツ姿で出勤してきた。

「それより店長、どうしました? なんだか、顔が真っ赤ですけど……」

「い、いや、何でもないっ」

「聞いてくださいな、さゆらサン。健治ったらね……」

「れ、恋水! 余計なコト言うなよ!?」

「言いませんわよ。ワタクシはただ、あるコトないコト申し上げるだけで……」

「それが余計だっちゅーの」

「………おふたりで今まで、何をしてたんですか?」

経緯《けいい》を知らないさゆらは、ただ首をひねるばかりであった。

「お兄ちゃん、大変だよ! 今にも雨が降りそうなのに、開店待ちのお客さんが、いつものように近くの公園で並んでるよぉ!」

「……営業継続に反対していた私が、今日も出勤してる理由ですか？　確かに私は賛成しかねるとは申しましたけど、店長の決定には従いますすよ。社会人として当然ですもの」

「……なんだか……来ちゃいました…………」（↑普段着なので小声）

——結果として、病欠の咲夜以外のウェイトレス全員が、開店前には出勤してきた。

その状況を、制服に着替えた悠が評していわく、

「これも、店長の人徳でしょうか……」

「や、やめてよ悠さん！　そんな大それたモンじゃないよぉ！」

「いいえ。従業員に〝助けてあげたい〟と思わせるカリスマ性は、成功する経営者が必ず持ち合わせているものですよ」

「け、健治がカリスマ経営者ぁ⁉　ウプププ……とんだお笑い種《ぐさ》ですわね！　そもそも、〝カリスマ〟って言葉が、もうほとんど死語ですわ！」

「……それは私が、死語を使うほど古い人間だってコトかしら、恋水？」

「い、いいえぇ！　そんなコト、一言も言いませんわよぉ……ま、確かにお肌の張りとかヒップの垂《た》れ具合とかは、そろそろヤバイかなーって思ったり思わなかったり……」

「…………私が肌もヒップもボロボロのおばあさんですってぇ⁉　ちょっと、こっちにい

らっしゃい！（ギュウウウウウウウウッ）」

「痛い痛い痛いですわぁ！　ワタクシ、おばあさんなんて言ってませんわよぉぉぉっ！」

――更衣室のドアが荒々しく閉まるのを見て、健治は肩を落としながら言った。

「……とりあえず、準備を続けようか」

「そ、そうだね、お兄ちゃん……恋水さん、無事だといいけど……」

「まあ、ヒップは無事じゃすまないな、恐らく」


「それにしても、先生がなかなかいらっしゃいませんね……」

いよいよ開店を数分後に控《ひか》えて、さゆらは倫の不在を心配していた。

「何分、こんな日ですし、トラブルにでも巻き込まれていなければいいのですが……」

「昨日オレとモメた手前、今日は意地でも来ないと思うんだが……」

「そ、そんなことはないと思いますよ？　先生もアレで、結構情に厚い方ですから」

「う～む……確かにそうなんだけど、結構平気で悪ノリしたりもするからなぁ」

十数年来の付き合いを思い返し、微妙なうなり声をあげる健治。

その時。

「……何やねん、このクソ暴風は、ゴルァッ!!」

蹴破《けやぶ》られたかと思うほど激しいドアの音とともに、倫の怒声が店内の空気を震わせた。

「は、入ってくるなり、何をマジギレして…………どわぁっ!?」

すぐに反応した健治は、入口の方を向くなり、思わず仰《の》け反《ぞ》ってしまった。

倫は、骨が折れてボロボロになった傘を片手に、ずぶ濡《ぬ》れで仁王立ちしていたのだ。

「オンドレがこないな日に、ひとりでも店を開くとかワガママぬかすから、ウチがこないボロボロになるハメになンねん……どないしてくれるんや！」

「でっ、でも、今日の出勤は自由意思・自己責任だって話だったのでは……？」

「それはバイトの話やっ！　第一、店長ひとりに店開けさしとったら、何のためのマネージャーやねん!?」

彼女は〝傘だったモノ〟を、燃えないゴミ用のポリバケツに叩《たた》き込みながら吼《ほ》える。

「見損なうなや！　ウチが好き勝手やっとるンも、アンタの店を繁盛さすためのコトやで！　アンタが本気で主張するコトには、ウチらだってちゃんと従うっちゅーねん！」

「……ご、ごめん……」

「ドアホウ！　謝るくらいやったら、最初から休業しとけばエエやろーが！」

一喝《いっかつ》したあと一転、倫は着ているジャージを気持ち悪そうに指でつまみながら嘆いた。

「あーあー、いっきなり雨と風がキッツゥなってもーたモンやから、傘は壊れるわ、パンツの中まで雨でびしょ濡れになるわ、散々やわ……」

「パンツまで、ねえ……オレのトランクス、貸してやろうか？」

「いくらウチでも、そこまでオンナを捨てとらんっちゅーねん！（ゴスゥッ）」

「ぎええっ⁉　そ、それは初耳……」

バケツのフタを腹にぶつけられ、健治はその場に崩れ落ちる。

「花ちゃん、これで髪の毛拭いた方がいいよ～」

「おっ、バスタオルか、おおきに。相変わらず、まゆぽんはエエ子やな～」

繭の頭を軽く撫《な》でると、倫はバスタオルで髪を拭くべく、眼鏡《めがね》をはずした。

瞬間――〝Milkyway〟のフロア内に、目には見えない戦慄《せんりつ》が走った。

「あらっ……！」

「まあ……」

「はにゃっ⁉」

ウェイトレスは一様に、驚きの声をあげる。

「…………………⁉」

最も付き合いの長い健治は、逆に言葉がなかった。

「ん？　……何やねん、この妙な雰囲気《ふんいき》は？」

髪の毛を拭きながら、倫はキョトンとした目を皆に向ける。とはいえ、眼鏡を外している今、皆の表情を見ることはできないでいるようだが。

皆を代表して、健治は恐る恐る尋ねてみる。

「なあ、倫よ……お前、どっかで顔ぶつけてきたか？」

「……何やねん、それ？　ウチの顔に、何かついとんのか？」

「い、いや、ついちゃあいないけどさ……ひょっとしてお前、可愛《かわい》くないか？」

「…………アンタ、熱で頭がボーッとしとらんか？」

彼女は眉《まゆ》をひそめながら、健治の額に手を当ててみる。

「フム……別に熱はあらへんなあ。じゃあ、目ぇ悪くしたか？」

首をかしげる倫の顔は――そこにいる他の全員から見ても、間違いなく可愛かった。

ビン底眼鏡の存在感で印象が消えていたが、もともと鼻や唇の形は充分整っている。

外した眼鏡の奥から現れた両目は、やや垂れがちだが、とても綺麗《きれい》な瞳をしている。

そこには、普段のイメージからほど遠い、非常に透明感のある美少女の素顔があった。

「……あっ」

ふと――さゆらの表情に、ひらめきの色が浮かぶ。

「そういえば先生……制服の型起こしの時に使った、色違いの試作品がありましたよね⁉」

「へっ？　……ああ、確かにあったはずやけど……」

返事を聞いた途端に、他の女性陣の顔にも、さゆらと同種の表情が浮かんだ。

「……花ちゃん、その試作品に着替えよーよ」

「ええっ⁉　な、何やねん、まゆぽんまで急に……」

「女性がいつまでも、雨で身体を冷やしっぱなしにするモンじゃありませんわ！」

「なっ……何やなんや⁉　ちょ、ちょぉ、恋水！　手ェ引っ張るンは……」

「それでは店長、しばらく更衣室にこもりますので、少し開店を遅らせて下さい」

「更衣室覗《のぞ》いちゃダメだからね、お兄ちゃん！」

「ンなアホな！　悠さんや亜由美まで、何言うとんねん⁉」

「すぐに着替えないと時間がありませんよ、先生」

「ま、待ちーな、花梨《さゆら》！　着替えなんか、コンビニのＴシャツとかでエエやん！」

「今日はコンビニの定休日ですわよ、マネージャー♪」

「ンなワケあるかぁ！」

嫌がる倫の手を引っ張り、背中を押して、ウェイトレスたちは更衣室へ移動していく。

「あの制服は、ウチが着るモンやないのに……健治！　アンタ、コイツらを止めてーな！」

ついに、悲鳴を上げる倫に対して、健治は重々しい口調で一言。

「……ポラ・サービス、１枚予約な」

「は、はくじょうモーン……！」

恨みの叫びを最後に、彼女は更衣室へと消えていった。

「それなりに似合ってても面白いし、全然似合ってなくても笑い話のネタにはなるな……」

倫が聞いたら怒髪天を突きそうなことを呟きながら、健治はひとり、カウンターで待つ。

「しかし、倫の素顔なんて初めて見た……アイツ、寝てる時でもあの眼鏡かけたままだったからなー」

眼鏡を外した倫の、予想以上の——というよりは、まるで予想外の美貌《びぼう》を思い浮かべると、普段とのギャップのあまりの大きさに、彼の顔は自然とニヤケてしまう。

「まあ、今までが〝対象外〟過ぎたから、そのギャップで可愛く見えただけかもしれんが……どんな仕上がりになるのか、楽しみだなぁ」

その時——更衣室が不意に、どよめきに揺れた。

「……うわぁ、花ちゃん、別人みたい～」

「こっ……これが、あのマネージャーだと言うんですのぉ!?」

「やっぱりイケてるじゃないですか、先生！」

「か、からかわんといてえな……恥ずかしいわぁ」

あまりのどよめきの大きさに、健治も目を丸くする。

「……ちょっと盛り上がりすぎじゃねーの？　いくら何でも、元はあの倫だぜ……？」

そこへ、亜由美が興奮気味に、更衣室から飛び出してきた。

「お、お兄ちゃん、早くこっちに来て！　倫さんがスゴイんだから！」

「な、何だよ一体⁉」

手を引っ張られて、更衣室に入る健治。

まさか、恋水あたりが倫に妙なメイクをしたんじゃないか——漏れ聞こえた会話から推測した彼は、苦笑混じりに軽口を叩こうとした。

「何の騒ぎだよ？　倫がどこまで化けたっていうんだ……うおおっ⁉」

——その場で、一声吼えたきり、固まってしまった。

「……アンタまで、なんちゅー顔で見るんや？」

顔を真っ赤にして、うつむき加減に抗議する倫。

——とは言うものの、〝彼女〟が倫だとは、健治はすぐに信じられなかった。辛《かろ》うじて、いつもの声色と関西弁で、倫だと識別できただけだ。

トレードマークのビン底眼鏡をはずしたまま、ボサボサのお下げを解《ほど》き、薄化粧を施した彼女は、昔から健治が知っている、野暮《やぼ》ったい幼なじみではなかった。

そこにいたのは、〝Ｍｉｌｋｙｗａｙ〟の制服がよく似合う、やや垂れ目気味の美少女。湿り気を残したストレートの黒髪が、得も言われぬ色気を醸《かも》し出している。

何の他意もない、心からの本音が、健治の口から自然とこぼれる。

「うわあ……お前、女の子みたいだなぁ……」

「ウチはもとから、オンナやっちゅーねん！」

「そーゆーコトじゃなくてさ……こうもカワイイとは、知らなかったなぁ……」

「や、やめてぇな、からかうンは……居心地悪ぅて仕方《しゃー》ないわ」

コスチューム着用者のルックスにはシビアな割に、自分自身の可愛さにはまるで気付いていない倫。

コスプレや美少女への執着は、自らの容姿に対するコンプレックスの裏返し——強《し》いて理屈をつけようとすれば、そういうことになるのかも知れない。

だが、今の健治たちにとって、そんなことはどうでもよかった。

無言のうちに、倫以外の全員の思いが一致する。

「……倫！　お前、今日からその制服着て店に出ろ！」

「え、ええーっ!?　ウチがこのカッコで出てっても、客がヒクだけやろ！」

「そんなコトありませんよ、先生！」

「普段と比べてとか、そーゆーのじゃなくて……お前、普通にレベル高い！」

「花ちゃんなら、すぐにファンがいっぱいつくよぉ」

「貴女がウェイトレスをやってくれれば、咲夜さんの穴がかなり埋まります。マネージメントでしたら、私も手伝いますので……」

「な、なんやねん、みんなしてウチをからかいよって……ところで花梨《さゆら》、そろそろ眼鏡返してぇな」

「これは私が没収します。せっかくの先生の美貌を隠すなんて、お店の損失です！」

「な、なんでやねん⁉」

「そーだな、それがいい。コンタクトとかの経費は、店が持ってやるから。ここでイメチェンしないと、絶対もったいないって！」

「そ、そーゆーのを、金をドブに捨てるっちゅー……」

「四の五の言わずに、お前もウェイトレスやれ！　これは初めての店長命令だ！」

全員で畳みかけるようにして、倫を追いつめていく。

今まで経験したことがない類《たぐい》の圧力に、倫はついに根負けした。

「お、お前ら……客の入りがどーなっても、知らんで！」

倫の懸念《けねん》に反し――、
深夜まで台風が猛威を振るったこの日、〝Milkyway〟は、開店以来最高の売り上げを記録した。

# 第7章　大切な場所

8月、初旬——開店前。

「おはようございます。この度は、皆さんにご迷惑をおかけして……」

「……咲夜ちゃん、退院おめでとーっ！（パン、パパァーン！）」

「きゃい～～～～～～んっ⁉」

およそ半月ぶりに出勤してきた咲夜を、健治たちはクラッカーで出迎えた。

「こんなに早く治って、本当によかった。はい、快気祝いの花束」

「あ、ありがとうございます、店長……」

咲夜は感激に目を潤《うる》ませ、花束を受け取ろうとする。

だが、それより早く、恋水が矢継《やつ》ぎ早《ばや》に羞恥《しゅうち》責《ぜ》めを行った。

「ところで、毛は剃《そ》ったんですの⁉　まだパイパンですの⁉　最初のオナラは臭かったんですの⁉」

「えっ？　そ、そんなコト、答えられないですよぉ～」

「恋水！　失礼なことを尋ねるものじゃありません！」

悠は慌てて妹を叱《しか》る。

すると恋水は、急にしおらしい表情を見せた。

「ご、ごめんなさい、お姉さま。ワタクシ、咲夜が入院している間はずっと寂しかったんですの……だから、久しぶりに会えたら、ついはしゃいでしまって……」

「恋水さん……」

一瞬、感動しかける咲夜。

——その隙《すき》を狙《ねら》って、恋水は彼女のスカートにいきなり手を突っ込んだ。

「………でも、手術跡くらいは見せてくれますわよね？」

「ええっ⁉」

「さあ、早くパンツを下ろしなさい！　どーせ、今日もヒモパンなんでしょう⁉」

「やぁ、やめてくださいっ、店長が見てます〜！」

「後で健治のスッポンポンを見せてもらえば、差し引きチャラですわ！（ゴソゴソ）」

「全然チャラじゃないですぅ……だから、パンツのヒモを解《ほど》かないでください〜っ‼」

「いやなら、ヒモパンなんてはかなければよろしいんですわ♪　もっとも、はきたくてもお姉さまのように………………」

ふと、恋水の動きが止まる。

咳払《せきばら》いをしてから、落ち着いて呟《つぶや》く。

「………なんでもございませんわ」

「何でもないなら、言いかけた言葉を続けたらどうかしら、恋水？」

すかさず返ってくる声に、痛恨の表情を浮かべる恋水。

「く……口が滑りましたわ………」

ゆっくりと顔を上げると——彼女の正面に、悠にそっくりな般若《はんにゃ》がいた！

「はきたくても、私のようにヒモが贅肉《ぜいにく》に埋まってしまってはけない女がいるとでも言いたかったのかしら、恋水⁉」

「うわぁっ！　お、お姉さま、物事をネガティブに捉えすぎですわぁ〜っ！」

「コラ！　逃げるんじゃありません、恋水ぃ〜っ‼」

——すごい勢いでフロアから姿を消すふたりを見送って、健治はそっとため息をつく。

「恋水のヤツには、〝学習する〟って機能がついてないのか？　なあ、咲夜ちゃ……」

「ヒモをむすんでますから、こっち見ないでくださいぃ〜っ！」

「うぉっとぉ！」

慌てて咲夜に背を向けながら、彼は取《と》り繕《つくろ》うように話題を変えた。

「と、ところで咲夜ちゃん……キミが入院している間に、ウチにもうひとり、新人のウェイトレスが増えたんだ」

「……そうなんですか？」

「うん。悪いけど、そのコの教育係は、咲夜ちゃんにお願いしたいんだ。悠さんは、恋水や繭ちゃんだけで手一杯でさ……お、来たかな？」

「えっ、ど、どんなヒトですか？」

「見れば分かる」

健治の視線を追って、咲夜は入口を見る。

ドアを開け、おもむろに店内に入ってきたのは――背丈や体型が倫に瓜二つ《うりふた》の美少女。

白いシャツにサスペンダーという、やや中性的な服装をしている。

洒落《しゃれ》たデザインの眼鏡《めがね》の奥で、垂れ目《たれめ》気味の澄んだ瞳《ひとみ》が、咲夜の顔をチラリと見た。

「へえ、ずいぶん可愛《かわい》い方ですね……」

感嘆の声を上げかけた咲夜の耳に、聞き慣れたイントネーションが飛び込んでくる。

「おー、もう退院できたんやな、咲夜」

「…………この声……ま、まさか、ホンモノのマネージャー!?」

咲夜は腰を抜かさんばかりに仰天する。彼女が〝背丈や体型が倫に瓜二つ〟と思った少女は――読者諸氏はもうお分かりだろうが――何のことはない、倫本人だったのである。

「ウ、ウソォ！　……って、そこまで言ったらマネージャーに失礼になっちゃうけど……どーゆーコトですか、店長!?　し、新人のウェイトレスって……」

咲夜の反応を堪能《たんのう》しながら、健治はシレッと応《こた》える。

「オレは〝新人のバイト〟なんて一言も言ってないぞ？　それに倫は、ウェイトレスとしては店一番の新人だし」

「……わ、私が入院してる間に、一体ナニが起こったんですか……？」

咲夜の疑問は至極当然だが――健治はあえて、真相に全く触れなかった。

「そんなワケだから、倫の教育係をよろしく頼むな」

「え～っ!?　そ、そんな、私には荷が重いですよぉ～」

「……なーんや、アンタ。ヒトを問題児みたいな扱いしよって」

「い、いえ、そーゆーワケじゃないんですけど……」

半眼でにらみつける倫に、咲夜はすっかり腰がひけてしまっている。

「でも、私がマネージャーの教育係だなんて……恐いですよぉ」

その怯《おび》えようが楽しくなってきたのか、倫は咲夜の横から首に手を回して、ニヤリと意地悪く笑った。

「まっ、ウチもウェイトレスとしては素人《しろうと》やさかいに、よろしゅう教育したってや、教育係さん♪」

「ひ、ひえ～～～～～～っ」

（……恋水が延々と咲夜ちゃんをいぢめる気持ち、ちょっと分かったかも）

静かにうなずく健治であった。


咲夜復帰後の〝Milkyway〟は、前にもまして盛況であった。

ウェイトレスは、マネージメント業務兼任の倫・悠を含めて7人体制となったため、店員全体の処理能力、ひいては客の回転スピードが格段に上がった。

また、本職がＯＬであるさゆらへの依存度が相対的に減ったため、以前なら彼女のスケジュールに合わせてたびたび午後5時開店を余儀なくされていたのが、常時午後3時に開店できるようになった。

（朝の弱い倫にとっては、〝毎日早寝早起きはツライわ〜〟ということになるのだが）

これらのことが効を奏し、客の行列の待ち時間も大幅に短縮できた――かと思いきや、行列する客の数もその分増えてしまったのが、目下の所、贅沢な悩みの種である。

咲夜も、復帰した途端、目が回るような忙しさの渦の中に放り込まれた。

「咲夜ちゃーん、アイス・カフェオレひとつよろしくー」

「さ、咲夜さん、1枚写真を撮《と》らせて下さいっ！」

病気欠勤が終わったことで、常連客がこぞって咲夜指名で注文をお願いしたり、ポラ・サービスで写真撮影を頼んだりしたのだ。

おかげで、ロクに休憩を取れない日が、しばらく続いた。

「ひえ〜〜〜っ、今日も大変ですぅ〜っ！」

――この日の夜、咲夜はオーダーを持ってカウンターに戻ってくるなり、健治にぼやいてみせた。

「ウェイトレスが増えたはずなのに、なんだか前より忙しい気がするんですけど……」

しかし、健治は一言。

「人気者の宿命だな」

途切れることのないオーダーを処理する彼にも、愚痴《ぐち》に付き合う余裕はなかった。

「ふぇぇ～ん、他人事だと思って、ヒドイですぅ」

「泣き言を言うな、泣き言を」

世にも情けない咲夜の抗議に、健治は苦笑を漏らしながら、軽い気持ちで励ます。

「店を閉めたらココアを淹《い》れてあげるから、もう一踏ん張りしてきな」

「…………ッ!!」

不意に——咲夜がひどく驚いた顔で、健治を見つめた。

「ん？　どーしたよ、いきなり？」

「店長が……ココア、淹れてくれるんですか？」

「そんなに驚かんでも……それとも、他に飲みたいものでもあるの？」

「い、いいえ！　ココアがいいですっ」

強くかぶりを振る咲夜。その振る舞いの理由が、健治にはいまいちピンとこない。

「咲夜ぁーっ！　お客の指名やでー！」

「あ、はーい……それじゃ店長、後でココアをご馳走《ちそう》して下さいね。きっとですよ？」

「う、うん……」

カウンターを離れる咲夜は、心なしか嬉《うれ》しそうであった。

その後ろ姿を、健治は首をひねりながら見送る――。


――閉店後。

「ほなら、明日は休みってコトで、女の子に連絡しとくでー」

「……お、お前っ、そんな大事なことを帰り際に言い捨てんな！」

「おやすみー」

「ちょっと待て、倫！　ホントに休みにすんのかよ……って、さっさと帰りやがった……」

ブツブツ言いながら、照明を絞った店内に戻る健治。

そこへ、ただひとり残ってトイレ掃除をしていた咲夜も、フロアに戻ってくる。

「お掃除、終わりました」

「お疲れさん。まあ、カウンターに座りなよ」

「はい……」

カウンターのスツールにチョコンと座る咲夜。

健治はカウンターの中に入ると、マグカップに手早くココアを淹れた。

「はい。熱いから、気をつけて」

「うわぁ……ありがとうございます」

マグカップを受け取る咲夜の顔は、心の底から嬉しそうだった。

「……美味《おい》しい……本当に美味しいです、店長……」

「そ、そりゃよかった……って言っても、普通のココアなんだけどな……」

彼女の喜びように、健治は大きな戸惑いを覚える。

「ところで、どうしてこんな真夏に、ココアを淹れてくれたんですか？」

「……そんなに深い意味はないよ。甘いモノの方が疲労回復に効くだろうと思って。あとは……イメージ、としか言いようがないなぁ。キミの顔を見たら、ココアのイメージが頭に浮かんだんだ。何でだろ？」

「……………」

「でも咲夜ちゃんがココアを飲んでるところ、休憩時間中にも見たことがないなぁ。いま見た感じだと、かなり好きそうだけど……」

「ええ、大好きです」

咲夜は、自分の手の中にあるマグカップを見つめて、微笑《ほほえ》みを浮かべた。

「この味とこの店には……思い出がいっぱい詰まってますから……」

「……この味とこの店？　どーいう意味？」

頭上に大きな〝？〟マークを浮かべる健治に、彼女は静かに語った。

「私、このお店には昔からお世話になってました」

「そーいえば咲夜ちゃん、結構ガキの頃《ころ》からウチの店に出入りしてたよね」

「ええ……先代には本当に可愛がってもらいました」

「で、学生になったら、ウチにバイト入りってワケか……」

「まあ、子供の頃の店長たちと遊ぶことはありませんでしたけどね」

「そーいや、遊んだ覚えがないなぁ。オレってそんなに、声のかけづらいガキだった？」

「いえ、そういうことじゃなくて……私、あまりお友達とかと遊ぶタイプじゃなかったんです。どちらかって言えば、いじめられっ子でしたから……」

「……ププッ」

不意に、単語に反応して吹き出す健治。

「あ～、笑いましたね～？」

「ごめんごめん。でも咲夜ちゃん、今だって恋水にいぢめられてるじゃん」

「〝いじめ〟と〝いぢめ〟は違うんですぅ！」

咲夜は軽く口をとがらせて抗弁する。

「〝いぢめ〟は単なる、度の過ぎたイタズラなんですっ」

しかし、抗弁はアッサリと一蹴《いっしゅう》された。

「……まるで、咲夜ちゃんが恋水をかばってるように聞こえるなぁ」

「ううっ……」

「ハハハ、茶化してゴメンよ。話を続けて」

「は、はい」

軽く引きつった笑みを浮かべてから、咲夜は話を戻す。

「〝いぢめ〟と違って、いじめは陰湿ですから。小さい頃はみんなに無視されたり、上履きをどこかに隠されたり……」

「よくある手口ばっかりだけど、子供には結構ツライなぁ」

「ある日、学校帰りに傘《かさ》を取られちゃったんです。あまりにつらかったのと情けなかったので、私、雨に濡《ぬ》れて泣きながら歩いていました」

「…………」

彼女の横顔を見つめる健治の頭の中で、当時の情景が再構成されていく。

降り止《や》まぬ雨、足元を濡らす水たまり、泣きじゃくりながらトボトボと歩く少女——。

「それで、このお店の前を通りすぎようとした時……先代の店長が急にドアを開けて、私をお店の中に入れてくれたんです」

「へえ、親父《おやじ》が……」

呟きながら健治は、咲夜を見続ける。

この時点ではまだ、我が身に起こった異変に気付いていない。

「それで、先代の奥様……今の店長のお母さんが、バスタオルを貸してくれて、濡れた洋服乾かしてくれて……」

（………アレ？）

ようやく、異変を察する健治。

（オレ……咲夜ちゃんから、目を離してない？）

催眠術にかけられているわけではない。視線を咲夜からはずそうとすれば、自らの意思でいくらでもはずすことができる。

そのはずなのに――健治は何故《なぜ》か、彼女から視線をはずさない。〝はずせない〟のではなく、〝はずす気にならない〟のだ。

（どうした、オレ？　こんなに見つめてたら、咲夜ちゃんに誤解されるのに……〝誤解〟？）

不思議な感情が、彼の心を掻《か》き乱す。

（誤解って何だ？　咲夜ちゃんに〝誤解〟されると困るのか？　……いや、そもそも、それは〝誤解〟なのか!?）

「そして、先代は温かいココアを出してくれて……」

そんな健治の心の葛藤《かっとう》を知らず、咲夜は遠い目をしながら過去を語った。

「あの時のココアの味……今でも、忘れられません」

「咲夜ちゃん……」

健治の胸が、我知らず高鳴る。

最小に抑《おさ》えられた室内灯の光と、窓から差し込む月光が混ざり合って、回想にふける咲夜の横顔を美しく照らす。

「あんまり美味しかったものですから……逆に、ココアは滅多に飲まなくなっちゃって」

「ど、どうして……？」

健治は動揺をさとられぬよう、強《こわ》ばった声で会話をつなぐ。

彼の心に染み込むのは――月光に照らされた咲夜の横顔が、その輝きをさらに増す錯覚。

「滅多に飲まない代わりに……家や学校で落ち込むようなことがあるたびに、このお店に来て、ココアを注文したんです」

「…………」

「このお店で、温かいココアを飲むと、とっても癒《いや》されました。『次の日から、また頑張《がんば》ろう』って気になって、元気が湧《わ》いてくるんです……」

「へぇ……ん？」

突然、健治の記憶中枢《きおくちゅうすう》の片隅に、太いくさびが打ち込まれる。

バラバラだった単語が、彼の頭の中で急速に結びつき、〝引き出し〟の奥底に埋もれていた記憶を強引に引きずり上げる。

「ココアを飲むと……ココア……雨の日……タオル……カウンター………あっ!?」

封を解かれた記憶には、健治を驚かせるのに充分すぎるほどの衝撃があった。

「……どうしました？」

回想を止め、怪訝《けげん》そうな表情を見せる咲夜。

彼女が見つめる前で、健治の顔に理解と驚愕《きょうがく》の表情が交錯する。

「あの日、夢に出てきた女の子って……咲夜ちゃんだったんだ！」

『……外は寒かったろう？　とりあえず、ココアで身体《からだ》を温めていきな』

『そのままじゃ風邪《かぜ》引いちゃうから、これで髪の毛をお拭《ふ》きなさい』

『……グスッ……ありがとう……』

脳裏によみがえったのは、両親が失踪《しっそう》した日に見た、幼き頃の夢。

そして、泣きじゃくりながら、マグカップの中身を飲んでいた少女の姿――。

「……あの時、親父が女の子に出してたのって、確かにココアだった！」

「店長……？」

「そうだよ……いま思えば、あの女の子は咲夜ちゃん以外に考えられないじゃないか！」

自分と咲夜が遠い記憶を共有していることに気付き、健治はやや興奮気味に呟く。

「クスクス……」

――ふと、彼の耳に咲夜の笑い声が届いた。

「店長ったら、今まで忘れてたんですか？」

「へっ？」

「私は、覚えてましたよ？　あの日から、ずっと……」

「うっ……」

咲夜は、健治を直視した。

懐かしさと、それ以上の感情が込められた眼差《まなざ》しで、彼を正面から見つめた。

健治の胸の高鳴りが、さらに大きくなる。

「覚えてます？　店長は初対面で、私のスカートをめくったんですよ？」と、咲夜。

「そ、そうだっけ？」

「そうですよぉ。先代の奥様が『友達になってやってくれ』って私に言ってくれて、私が笑った時……店長ったら、『ヒモパンだったら考えてやる』って言って、いきなり……」

「おいおいおいっ！　いくらマセてても、ガキがヒモパンなんて言うかぁ!?」

「言いましたよぉ」

彼女にしては珍しく、人の悪い笑みを浮かべる。

その笑顔に焦りを覚える健治だったが――ほどなく、事の真相を思い出す。

「……おい、話が違くねえか？」

「違いませんってば」

「いや、違う……そうだ！　オレが咲夜ちゃんの手をつないだら、横で見てた千尋がヤキモチやいて、スカートまくったんだよ！」

「……アラ？」

「思い出してみなって！　オレはキミの右側にいたのに、まくられたのは左側だぜ？」

「ええと……そうでした……っけ？」

「…………そーか。咲夜ちゃんはずっと、先入観だけでオレのことを誤解しっぱなしだったワケか……」

半眼でにらみつける健治。

「いや、あの、ええと、ええと……」

オロオロと困惑した末に、咲夜が返した言葉は――、

「……に、人間誰《だれ》しも、誤解はあります」

「そんな言葉で、汚されたオレのイメージが元に戻るもんかぁ！」

健治は怒鳴りながら身を乗り出し、カウンター越しに咲夜に飛びかかった。

「うぇぇぇぇぇぇぇん！　いぢめ反対ですぅ～っ！」

「いぢめじゃない！　お仕置きの〝くすぐり刑〟だっ！（コチョコチョ）」

「キャハ、キャハハハハッ！　だめです店長っ、盲腸の手術跡が開いちゃいます……ィヤハハハハハッ！」

「完治したって言ってたじゃねーか……っとっとっとっと、うわぁっ⁉」

「キャアッ！」


——ドスンッ！


案の定、カウンターの上でバランスを崩した健治は、咲夜もろとも床の上にひっくり返ってしまった。

「いでででで……さ、咲夜ちゃん、だいじょーぶ……？」

「ひ……ひどいですよ、店長ぉ～……」

弱々しい声で抗議した後——咲夜は半身を起こし、ひっくり返ったままの健治に尋ねる。

「……後悔してますか？」

「こ、後悔……？」

「先代の跡を継いでお店を続けたこと、後悔してますか？」

「……オレは代理だし、跡継ぎになるって決めたワケじゃねーぞ」

細かい訂正を挟んで、健治はゆっくり答えた。

「まぁ……トラブルも多いし……毎日働かなくちゃいけない。だから、夜遊びにもロクに行けなくなったたし、一日中ダラダラ寝ることもできない……」

「……ま、まさか、そんなコトを後悔してるんですか……？」

「……なのに、こんなに面倒くさくて大変な仕事を、悪くないかも……って思い始めてる。オレが後悔してるとしたら、そこかな……」

——彼の、偽らざる気持ちであった。

咲夜は一瞬、意外そうな表情を見せた後、軽く目を潤ませる。

「私、先代がいた頃のこのお店が、大好きでした……」

「……咲夜ちゃん？」

「静かで、落ち着いてて、先代のココアが飲めて、私の傷ついた心をいつも癒してくれる……そんなお店を、私の大切な場所を、店長とマネージャーがリニューアルした時は……正直言って戸惑いました。ああ、このお店はどうなっちゃうんだろうって」

「ハ、ハハハ……ムチャなバクチ打ったからな、オレも……」

「……でも今では、〝Milkyway〟も大好きです」

いつしか咲夜の手は、健治の手を握りしめていた。

先程よりもさらに美しくなったような気がして、健治はもはや、彼女の顔を直視できない。まともに見つめたら、自らの咲夜への想《おも》いがあふれてしまいそうだった。

　咲夜は、ささやくように続ける。

「お客さんがいっぱい来てくれるようになったし、マネージャーや恋水さんたちと一緒の仕事も楽しいですし、それに……」

「そ、それに……？」

「……それに、店長がいるから……」

「……………」

「これからはきっと、店長のココアが飲めるから……」

（ヤベエ……こんなに見つめられたらオレ、誤解しちまう……）

　咲夜の横顔を無意識に見つめていた時とは逆の感情が、健治の心になみなみと満ちる。

（いや、咲夜ちゃんを〝誤解〟すると困るのか？　そもそも、これは〝誤解〟なのか？）

「店長……お店、続けて下さい……」

　次第に、咲夜の身体が、健治に覆い被《かぶ》さるような格好になる。

「店長は、私にとって大切な場所を守ってくれる、大切な人です……私、店長がいるから、先代がいなくなっても、ここで働いているんです……」

　咲夜の眼差しが、健治の瞳と心をまっすぐ射抜く。

　まさか、咲夜が迫ってくるとは——否、咲夜が迫る前に、自分から咲夜を誘うことができなかったとは。

鼓動で、胸が苦しい。

その苦しみから逃れるために、受け入れなければならない真実があった。

（…………これはもう、〝誤解〟じゃない！）

「今日は……何か、変だよ……」

「私がですか……それとも、店長が……？」

「いや……きっと、今夜の月の光が……」

——言葉を続ける意思など、最初から放棄《ほうき》していたのかもしれない。

どちらともなく唇を重ねたふたりの姿を、満月は煌々《こうこう》と照らし続ける——。


——月明かりの差し込む角度が、微妙に変わっていた。

咲夜の顔は先程と違い、かなり不安げである。

「あ、あの、店長……まさかここで……ですか？」

呟く咲夜が腰掛けているのは、スツールではなく——カウンターの上。

健治が有無《うむ》を言わさず、彼女の身体を床から抱き上げて乗せたのだ。

「こ、ここ……お店ですよ？」

「こーいうシチュエーションは、燃えるだろ？」

「ダ、ダメですよぉ〜っ」

情けない声を上げる咲夜だが、健治は意に介さない。

「こんなタイミングでオレを誘う咲夜ちゃんがいけないんだよ。だから、ここでお仕置き」

咲夜の制服のリボンをおもむろにはずし、続いてブラウスのボタンも丁寧にはずす。

抵抗の意思はまるで見せないものの、咲夜はかなりビクビクした表情を浮かべた。

「そ、外から見えちゃいますよ？」

「この時間、店の前は誰も通らないよ」

「せ……せめて更衣室で……」

「それじゃあ、お仕置きにならない」

「……あ、晶さんがお店の様子を覗《のぞ》きに来たら、どうするんですかぁ……？」

「……心配かい？」

即座にうなずく彼女から離れ、健治は自宅につながるドアを開けて、大声を上げる。

「晶！　店に来て手伝え！　今、人手が足りないんだよ！」

「え、ええっ!?」

とんでもないことを言い出した彼に、咲夜は思わず血相を変える。

自宅から聞こえてきた返答は——、

「絶対、イヤ！」

「……アラッ？」

「フッフッフ……これが兄妹というものだよ、咲夜クン」

健治はドアを閉じながら、あっけに取られる彼女に、得意げな笑顔を向けた。

「もし、逆に『絶対来るな』なんて言ったら……晶のヤツのことだ。まず間違いなく、店を覗きに来るからな」

「は、はぁ……」

「これで、咲夜ちゃんの心配事は、全部クリアされたな？」

「えっ、それは……ンンッ！」

そして、戸惑う彼女をやや強引に押し倒し、その柔らかい唇をすかさず奪った。

その体勢のままでスカートに手を忍び込ませて、彼女の下着のヒモ——咲夜は今日も、ヒモパンをはいていた——の結び目をそっと解く。

「んッ……ンンンン」

軽く身じろぎする咲夜。ボタンをはずされていたブラウスは、その動きで次第に前がはだけていく。

「……ぷはっ、やっぱりこんなトコじゃダメですよぅ」

彼女は辛《かろ》うじて唇をはずし、泣きそうな声で訴える。

健治は、わざとしかめ面を作って一言。

「声を出すと、晶に聞かれちゃうかもしれないだろ？」

「えっ……？」

咲夜が怯《ひる》んだ隙《すき》を見逃さず――健治はスカートの中に顔をうずめた。

「キャッ！」

「ほら、そんなに大きな声を出すと……」

「……う～」

スカート越しでも、咲夜の困り果てた様子が見て取れる。

そんな反応が、可笑《おか》しくもあり――愛おしくもあった。

「だから、声はできるだけこらえるんだよ」

言い捨てておいて、健治は咲夜の股間《こかん》に、そっと舌を這《は》わせる。

「あっ……!?」

彼の頭が、両の太股《ふともも》に挟み込まれる。未知の刺激に、咲夜が全身を緊張させているのだ。

健治は気にすることなく、股間の柔肉をピチャピチャと舐《な》め始める。

「あ、あうッ……てんちょお、いぢわるしないでくださいよォ～」

半泣きの抗議。しかし咲夜は、健治を拒む様子もなく、恐る恐る身を委《ゆだ》ねていた。

とりわけ敏感なポイントを舐め上げられるたびに、彼女は全身をピクリ、ピクリと細か

く痙攣《けいれん》させる。

その痙攣が少しずつ強くなってきた頃――健治の舌先は、咲夜の股間から粘り気のある滴《したた》りがにじみ出てくるのを感じ取った。

「……咲夜ちゃんのココがこんなになったら、もっといぢめたくなるなぁ」

笑みを含んだ声で言うと、健治はことさらに大きな音を立てて、激しく舐め続けた。

「キャウっ……ああ……ダ、ダメですってばぁ……」

咲夜の切なげな声。慣れない感覚を、身をよじってこらえている。

「いつまで、こらえてられるかな……？」

健治は意地悪く呟いて、包皮の奥にそっと隠れている肉芽《にくが》を、舌先でつついた。

「はうっ……！」

大きく、身を反《そ》らせる咲夜。


――ポカッ！


「痛てっ……!?」

健治の脳天に、軽い衝撃があった。

「……さてはスカートの上から、オレの頭をゲンコで叩《たた》いたなぁ？」

「だ、だって……店長があんまりいぢわるするから……」

吐息混じりの咲夜の抗弁は——しかし、健治にとっては完全に逆効果だった。

「……こーすれば、今みたいな反撃はないワケだ」

彼はスカートから頭を出すと、咲夜に反応する間も与えず、彼女の両脚《りょうあし》を自らの肩に乗せ、その場で担ぎ上げた。

「キャッ！」

咲夜はカウンターの上で、高々と足を上げたまま、仰向《あおむ》けに横たわる格好になった。

スカートがめくれ、健治の唾液《だえき》とそれ以外の液で濡れた若草が、あらわになる。

「あーあ、丸見えになっちゃったなぁ。盲腸の手術からそれほど経《た》ってないのに、結構生えそろうモンだね」

「ううう……店長、ヒドイですよぅ」

「そう言う割には咲夜ちゃん、もうヌレヌレじゃん」

「そ、そんなコト……あふぁっ！」

咲夜の反論は、健治の愛撫《あいぶ》でさえぎられた。

五指を使って、彼女の花弁を、秘裂を、そして肉芽を、柔らかく撫《な》で続ける健治。

彼の指遣いに呼応して、咲夜のあえぎ声は次第に大きく、激しくなっていく。

「はっ、ああッ……や、やだ、身体が熱くなってきて……ンあっ、あああっ！」

カウンターの縁をつかみ、頬《ほお》を桜色に上気させて、健治の愛撫を受け入れ続ける咲夜。

——その声が、ふと途切れる。

健治がいきなり、愛撫を中断したのだ。

「……あら？　店長……？」

怪訝そうな咲夜の声に——健治は自らのズボンと下着を下ろすことで応えた。

「あっ……！」

雄々しくそそり立つ健治のソレを見た瞬間、咲夜は声を上げた。それは驚きと不安の声だったのか——それとも、来るべき瞬間に備えての、覚悟と決意の声だったのか。

「……さあ、いくよ……」

「…………」

恥ずかしそうに、軽く顔を横に向ける咲夜。

しかし次の瞬間。


——ズブッ！


「ヒアッ……!!」

健治が己の尖端《せんたん》を秘裂にうずめると同時に、彼女は顔を、反対側に激しく振った。

咲夜の反応を慎重に確認しながら、健治は男根をゆっくりと秘裂の奥に突き立てる。

「あ、あああ……店長ぅ……」

悲痛な声が、健治の動きのテンポを緩めていく。身体の硬直具合で、咲夜の痛がりようが充分彼に伝わってきた。

「もっと身体の力を抜いた方が、痛くないよ……それとも、やめようか？」

無理をしても、いいことなどない。咲夜の唇を軽くついばむと、健治は耳元でささやく。

返ってきたのは——咲夜の作り笑顔。

「へ……平気です、痛くないですから……」

「……そーいう生意気なコトを言う娘《コ》は、たっぷりいぢめてやる！」

威勢のいいことを言いながら、健治は極力ゆっくりと腰を動かし始めた。

「は、あう……」

「ホラ見ろ、痛そうじゃないか」

軽口を叩きつつ、腰の動きは止めない。咲夜がやせ我慢してくれる気持ちを考えると、ここで全《すべ》てやめてしまうなどという〝失礼なこと〟は、とてもできなかった。

何度もキスを繰り返しながら、彼はいたわるように、緩慢な動きで咲夜の中を往復した。

同時に、ブラジャーからはみ出していた、小振りで可愛らしい乳房を、白磁器を愛《め》でるかのように優しく愛撫する。

やがて――緊張していた咲夜の身体が、次第に弛緩《しかん》してきた。

そして、苦しげだったあえぎ声に、妙な響きが混じる。

「ん……ああ……アレ？　あン……んはぁっ……あれっ？」

「……何だよ、その『あれっ』ってのは？」

「い、いいえ、あの……何だか、痛みの上から、身体の芯《しん》にジンジン響く感じで、しびれてきてるような気がしまして……」

不思議な表現を使う咲夜。ただ、彼女の痛みが和らぎ、未熟ながらも身体が快感を感知し始めているコトは、健治にも充分理解できた。

（よかった……あんまり痛いばっかりだと、可哀想《かわいそう》で見てられないしな）

健治は胸の内で、そっと安堵《あんど》する。

しかし――彼の口から放たれたのは、いたわりの一言ではなかった。

「……さっきは、痛くないって言ってたじゃねーか！」

「えっ……？」

「オレはなぁ、ウソツキ娘にはとことんいぢわるをする男なんだよ！」

彼は出し抜けに、ふたりの交わりを解いた。

そして、状況の理解できない咲夜を抱き上げ、テラスに面したガラス窓の前に運ぶ。

「て、店長……そっちは……！」

ガラス越しの夜景に、咲夜は初めて健治の意図に気付いて、狼狽《ろうばい》の声を上げる。

もちろん、健治は無視して彼女を立たせ、両手をガラスにつかせた。

「ほら、もっとお尻《しり》を突き出して！」

「だ、だからダメですってばぁ！　ホントに、ヒトに見られちゃったら……！」

「その時は、オレが責任取るさ！」

彼は咲夜の背後から再び、自らの怒張をゆっくり挿入《そうにゅう》する。

「ハッ！　……ああ、あああっ……」

全身を震わせて、声をわななかせる咲夜。苦痛の響きは、かなり薄らいでいた。

「しっかり、身体を支えてなよ」

健治はゆっくりと、自分自身を咲夜に突き立てる。

咲夜の秘裂は、まるで侵入者を拒むかのように、強い力でグイグイと健治を締めつける。

「うっ……ふあっ……て、店長ぉ……やンッ！　あ、あふ……」

咲夜のあえぎ声は、聞く者の脳下垂体を刺激する熱を、徐々にはらんでいった。

咲夜の身体がジットリと汗ばみ、健治の息が疲労と快感に弾《はず》んでいく。少なくとも、健治自身の絶頂は、急速に近付いてきていた。

「どっ、どうだっ……気持ちよくなってきたかっ……⁉」

「あ、アンッ……わ、分かんないですよぉ……でも、な、なんだか脚がガクガク震えてき

て……」

「きっとそれが……気持ちイイ証拠なんだよっ……」

健治はいよいよ、腰の動きを速めていく。

自らの興奮が、咲夜の痛みを気遣えないほど高まってしまっていることに、妙な罪悪感を覚え始める。

「あっ、あっ……て、店長っ、熱いですぅ……」

「オ、オレもだよ……！」

もう、本能を抑えきれない。

健治は最後の瞬間に向かって、腰を荒々しく突き動かした。

「ハァ、ハァ……い、いくぞ……咲夜ぁっ！」

「ああ……て、店長、店長ぅっ……!!」

咲夜の甲高《かんだか》いあえぎ声が、鼓膜を甘美に刺激した瞬間——健治はとっさに、一気に膨れ上がった怒張を、咲夜の中から引き抜いた。

刹那《せつな》。

——ドビュッ！

白いほとばしりの第一撃が、健治の怒張から解き放たれた。

おびただしい熱を帯びたソレは、脱げかけていた咲夜の制服に命中した。

健治に支えられていた咲夜の身体は、その支えがいきなりなくなったことで、力なく床に崩れ落ちる。

健治の残りのほとばしりが、そんな彼女に何度となく浴びせかけられる。

——やがて、精を出し尽くした健治が、息を乱したまま咲夜の目の前にしゃがみこむ。

「ハァ、ハァ……咲夜、大丈夫か……？」

「……大丈夫じゃないですぅ」

同様に息を弾ませたまま、咲夜は恨めしそうに彼の顔を見つめた。

「制服が汚れちゃいましたよぉ～……これじゃ、ホントにいぢめですよぉ～」

「あっ……ゴ、ゴメン……」

「店長なんて、知らないっ」

我に返り、バツの悪そうな表情をする健治に、咲夜は顔を背《そむ》けて見せるのだった。

「……こうなったら、ホントに責任取ってもらうんですから……」

「…………えっ？」

# エピローグ

『いいから、店を継《つ》げ！　――父』


両親が失踪《しっそう》した朝、置き手紙に書かれていた一文。

――それと全く同じ一文の書かれたエアメールが、学校に行く準備をしている晶から渡された。

今度は裏面の文章すらない、本当にたった一行の手紙だった。

「エアメールってコトは、海外からの手紙だよな……まだ外国に逃避行続ける気か、あの不良夫婦は？」

「知らないよ、そんなの」

晶の態度は、ぶっきらぼうである。

そもそも、亜由美がバイトを始め、ふたりで遊ぶ機会が減ってから、この妹の機嫌はすこぶる悪い。

「兄貴の様子を手紙で報告したから、その返事じゃない？」

「……ちょっと待て。お前、一体オレの何を報告したんだ!?」

「別に。見たままを書いて送っただけだもん」

慌てる健治に、晶はそっけない態度を取り続ける。

「それとも、報告されると困るようなコトをしたって自覚でもあんの？」

「相変わらず、かわいげのないヤツだなぁ。女の愛嬌《あいきょう》ってのは、胸のサイズで決まるモンなのか……（バキッ）ふごぉっ!?」

「兄貴の馬鹿《ばか》さ加減も相変わらずだけど……」

彼女は、健治のアゴに強烈な一発をお見舞いした後、ポツリと付け加えた。

「……真面目《まじめ》に店長をやってるようだから、お父さんも本気で店を継がせる気になったんでしょ」

「えっ？　じゃあ、お前が親父《おやじ》に送ったのは、オレの悪口じゃなくて……」

「詳しい内容なんか、教えるワケないでしょ！」

そして、その場を去り際に、健治から顔を背《そむ》けたまま伝える。

「……まあ、その……店が潰《つぶ》れない程度に頑張《がんば》ってね、お兄ちゃん……」

「お、お前……オレを〝お兄ちゃん〟って呼んだの、何年ぶりだ!?」

「……アタシ、もう学校行くから！」

乱暴に玄関のドアを開け、外に飛び出していく晶。

後ろ姿が寂しげに見えたのは、健治の気のせいだったのだろうか――。

「じゃあ、店長がずっと店長続けててもいいってコトですね!?」

――備品の買い出しの帰り道、健治から話を聞いた咲夜は、嬉《うれ》しそうに顔をほころばせた。

「まあ、続けるなって言われなかったのは確かだな……オレがこの先、どう心変わりするかは分かんないけど……」

健治は軽く、店長をやめる可能性を含ませて答える。しかし、

「……それじゃぁ、今のところは店長も、店長を続けるつもりなんですね！」

咲夜はポジティブだった。

「あれ？　そこで『え～っ、店長やめるつもりなんですかぁ～？』ってヘコんでこその、咲夜だと思ってたのに……」

「だって私、店長のこと信じてますモン♪」

「むぅ……いぢわるが不発に終わると、ちょっと寂しいぞ」

「いぢめはいけないと思いますっ」

口をとがらせて、怒ったフリをする咲夜。


――チュッ。

「あっ……」

エピローグ

その可愛《かわい》らしい唇が前触れなく奪われ、彼女は見る間に顔を赤らめていった。

「……こ、こんな人前でなんて、ヒドイですよ～っ！　みんな見てるじゃないですか～」

「ハハハ……今みたいな〝いぢめ〟も、ダメかな？」

「えっ？　そ、そりゃ…………キライじゃない……ですけど……やっぱり恥ずかしいですよぉ～っ（ポカポカポカポカ）」

「わはははは、イテテ……ただいまぁ～」

咲夜に背中を叩《たた》かれながら、健治は店のドアを押し開いた。

「アラアラ……馬鹿カップルのお帰りですわ」

――さっそく、レジ周りを掃除中だった恋水が、ニヤケながら減らず口を叩く。

「馬鹿は余計だろ、馬鹿は」

「カップルってところは否定しませんのね、いやらしい」

恋水のイヤミに、ネガティブな響きはない。

健治と咲夜が付き合っていることは、既に周知の事実となっていた。その上で、彼女はいつもの調子でからかっているのである。

ただ、それでもかなり恥ずかしいらしく、咲夜はすかさず反論する。

「い、いやらしいコトなんて、してませんよぉ～」

「へぇ～……健治の口元にルージュがついてるのに、よくもまあいけしゃあしゃあと言えますわね？」

「え、ええっ⁉　……ついてないじゃないですかぁ」

「……あのな咲夜……オマエ今、ルージュはつけてないだろ」

「え？　……あっ！」

——後の祭りだった。

「オレの唇を確認したら、〝キスしました〟って宣言してるようなモンだろーが……」

「ホホホホホホッ！　これだけ見事に誘導尋問に引っかかってくれると、面白味に欠けますわねぇ♪」

「れ、恋水さんったら……ヒドイですぅ……」

思わぬ所でキスがばれ、咲夜は耳まで真っ赤にしてうつむく。

それを見た健治が、彼女の肩を軽く抱き寄せながらかばった。

「恋水、咲夜をいぢめるな！　咲夜をいぢめていいのは、オレだけだ！」

「健治は夜になってから、ベッドでじっくりいぢめればイイじゃありませんの！　昼間は、ワタクシにもいぢめさせてほしいですわ！」

「ちょっとだけだぞ、ちょっとだけ」

——訂正。別に、かばってはいなかったようだ。

「ふぇ～ん！　マネージャー、店長と恋水さんがヒドイ交渉するんですぅ～」

「……アンタらもトリオ漫才なんぞやっとらんと、仕事しぃな。もうすぐ開店やで？」

「そうおっしゃるなら、たまには繭にも注意したらいかがですの？　ほら、今もテーブルで……」

「Ｚｚｚｚｚ……」

「……アレは仕方《しゃー》ない。まゆぽんは、秋イベント合わせの同人誌入稿に追われて、昨夜も徹夜やっててん」

「だからなんで、お前はいっつも繭ちゃんにだけ甘いんだよっ⁉」

「んもぉ〜！　咲夜さんもマネージャーも恋水さんも繭ちゃんもお兄ちゃんも、無駄話《むだばなし》してないで、仕事しよーよー！」

「ハァ……こういう光景を見てると、私たちも青春を取り戻したくなりませんか、さゆらさん？」

「エッ⁉　わ、私はまだ、青春時代のつもりでいるのですが……いえいえいえ、もちろん悠さんだって、全然イケてますよぉ？　……いえ、別にフォローとかじゃなくて……」

ウェイトレスが増えようと、健治と咲夜が恋人同士になろうと、このにぎやかな雰囲気《ふんいき》は〝Ｍｉｌｋｙｗａｙ〟がリニューアルして以来、一貫して変わらない。

（確かに……ずっと店長続けてもいいかもな……）

最近ようやく、ハッキリとそう思えるようになってきた、健治であった。

「イイ気になっていられるのも、今のウチよ!」

——そこへもうひとり、〝相変わらず〟な少女が店内に乱入してくる。

「なんや、千尋かい。ウチらは開店前で忙しいんや、用なら後にしてんか」

うんざりした調子で追い払おうとする倫に、千尋は仁王立ちのまま昂然《こうぜん》と言い放つ。

「ウチのファミレスチェーンが全店、全メニュー値下げしたって言っても、そんなに悠長に構えてられるかしら⁉」

「えーっ⁉」

「……ふぇ? 朝ですかぁ?」

寝ぼけている繭以外の全員が仰天する中、倫が最も触れてはいけない話題を口にする。

「さてはアンタ、咲夜に健治を取られてもーたのを根に持って、この店を資本力で潰そうとしとるな⁉」

「……何ですって?」

千尋の顔色が瞬時に変わった。

「こ、こら、倫……!」

とっさに青ざめる健治だったが、当事者である以上、口を差し挟むことができない。

しかし、千尋は一見、冷静に答えた。

「そんなの、もう怒ってないわよ。ちょっと寂しいのは確かだけど、健治の決めたコトだもん。咲夜ちゃんがいい子なのは、元々知ってるし……」

けなげに笑顔を浮かべる彼女の姿に、健治はしみじみと胸を撫《な》で下ろす。

だが、そうなると、千尋がファミレスの値下げ攻勢で健治たちを追いつめる理由が分からない。

「どうしてかって？　……決まってるじゃない。いつまで経《た》っても、倫がこの店に関《かか》わってるからよ！」
(ガクッ)
――真実は、極めて単純であった。約一名以外の全員が、あきれて肩を落とすほどに。

「……お、お前、そんなくだらん理由で……」

「そこのオタクザルが店から手を引かない限り、アタシも引き下がらないからね！」

脱力する健治を後目《しりめ》に、千尋はひとりでエキサイトする。

「……何やと、この粘着ヒス女がぁ！」

もちろん、そこまで言われて、黙っている〝約一名〟ではなかった。

「オンドレなんぞに負けるウチやないわい！　そっちが値段で勝負するんやったら、こっちは露出度で勝負や！　明日から、〝Milkyway〟の制服はビキニや、ビキニ！」

「……えーっ⁉」

いきなりの宣言に、千尋のみならず、ウェイトレスの口からも驚きの声が漏れる。

「花ちゃん、いきなりすぎるよぉ」

「あ、あの、先生……そんなすぐに、ビキニを用意できるんでしょうか……？」

「……お兄ちゃんに、ビキニ姿見せるのぉ？　どうしよう……（ドキドキ）」

「そ、それって……お姉さまもビキニを着るってことですわね？　イイ歳《とし》なのに……ププッ」

「……恋水は黙ってらっしゃい！（ギュウウウウウッ）」

「イダイイダイイダイ！　耳を引っ張るのはやめてくださいぃ〜っ！」

騒然とする中、健治と咲夜はどうにか言い争いを止めようと試みる。

「お、おい……お前ら、落ち着いたらどうだ……」

「も、もうすぐ開店時間ですし、続きはまた後日というコトで……」

——無駄な努力であった。

「うっさいわね！　開店時間なんて、いつでもイイでしょぉ!?」

「アンタらはすっこんどき！　やるコトないんやったら、ふたりで乳繰り合《お》うとったらエエねん！」

同時に吼《ほ》える千尋と倫の剣幕には、ふたりはとても歯が立たなかったのだ。

「とにかく！　アタシはアンタみたいな変態ザルには、絶対に負けないんだから！」

「おうおうおう、よう言うてくれおったなぁ！　そこまで啖呵《たんか》を切っといて、後で吠《ほ》え面《づら》かくなや!!」

「何よぉ！　ちょっと可愛くなったからって、つけ上がるんじゃないわよ！」

「じゃかましいわい！　商売の邪魔やから、とっとと帰りくされ！」

こうなるともう、誰《だれ》にも止められたモノじゃない。

「ひ、ひえぇぇぇぇっ、ケンカはやめましょぉよ～っ！」

ただ、咲夜の悲鳴が、〝Milkyway〟の店内に景気よく（？）響き渡るばかりであった。

（END）

# あとがき

舞台が喫茶店だということで（？）、島津は今回、この作品の半分以上をファミレスで書き上げました。

愛用のノートパソコンを持ち込み、キーボードをカチャカチャ叩いていると、時刻によって客層が少しずつ変わり、その移り変わりを見ているだけでも楽しめます。

ただひとつ不満なのは、「ウェイトレスの制服が可愛くない！」。

Milkyway並に可愛ければ、それこそ毎日通ったんでしょうが……それで客が増えすぎても、僕が長居できなくなるので、あきらめました（笑）。

最後に、原作メーカーのWitch様と、パラダイムの久保田様と岩崎様、そしてこの本を買って下さった読者の皆様にお礼を申し上げます。ありがとうございました。

また、今回は特に、私が長時間居座っても、イヤな顔ひとつせず応対していただいた、某ファミリーレストラン様（2店舗）と某談話室様にも、感謝させてください。本書は、あなたたちのおかげで完成しました（笑）。

それでは、またお会いしましょう！

島津出水

# Milkyway《ミルキーウェイ》

2002年9月25日 初版第1刷発行

著　者　島津 出水
原　作　Witch
イラスト　瀬之本 久史

発行人　久保田 裕
発行所　株式会社パラダイム
〒166-0011東京都杉並区梅里2-40-19
ワールドビル202
TEL03-5306-6921 FAX03-5306-6923

装　丁　妹尾 みのり
印　刷　株式会社秀英

乱丁・落丁はお取り替えいたします。
定価はカバーに表示してあります。

# 〈パラダイムノベルス新刊予定〉

☆話題の作品がぞくぞく登場！

## 167.ひまわりの咲くまち

フェアリーテール　原作
村上早紀　著

　英一は夏休みに祖父の経営する銭湯と下宿の手伝いのため帰郷した。十数年前会ったきりの片想いの相手との再会を期待してのことだ。ところが着いたとたん祖父は旅行へ、彼は６人の女のコと同居するハメに！

## 161.エルフィーナ
## 〜淫夜の王宮編〜

アイル　原作
清水マリコ　著

　フィール公国は平穏で美しい小国だった。しかし隣国ヴァルドランドに武力制圧され、男は捕虜として連行、女は奉仕を強制された。「白の至宝」と名高いエルフィーナ姫も例外ではなく…。